「ん、く…っ」
ずる、と中から引き抜かれ、奏はその感触に唇を噛んで耐えた。
ようやく許されて崩れる身体を、二人の腕が抱きとめる。

LiLiK Label

カグツチ閨唄《ねやうた》

西野 花

大誠社リリ文庫

本作品はフィクションです。
実在の人物・団体・事件などには一切関係ありません。

Contents

イラスト／汞りょう

普段はがらんとした印象のある古い家屋の中だったが、その日、とある部屋には幾人ものの人が集まっていた。薄暗く灯《あか》りを落とし、中央に敷いた布団を囲むようにして、男達が座っている。ほとんどは四十代以上だったが、中には若い者もいた。

その布団の上に、古城奏《こじょうかなで》は背後から男に支えられながら座っていた。開かされた両脚の間には別の男が顔を埋め、奏の股間のものに丁寧に舌を這わせている。

「……っん、う、ふ…うぅ…っ」

ぴちゃ、ぴちゃとそこから音が聞こえるたびに、腰の奥に重く浸みるような快感が広がっていった。

「さあ奏さん、もっと脚を開くんだ」

「あっ…」

両側から足首を掴まれて、さらに股間を突き出すような格好になってしまう。もう何度もした行為なのに、奏はいまだにこの羞恥に慣れる事ができなかった。

それは多分、自分が特殊な生き物だからだ。性のために生きていると言っても過言ではなく、こうして男達に可愛がられるのが仕事のようなものだが、そんな事をしているのは奏くらいなものだろう。外の世界ではどうなのか知らないが、奏は多分、この町から出る事はない。奏の母は一度都会へと出ていったらしいが、結局戻ってきて奏を生み、ここで死んだ。

「あっ、んんっ！」

背後から腕を回され指で両の乳首を摘《つま》まれて、コリコリと刺激される。

「もうこんなに尖らせて」

きゅっ、と強く摘まれると、背中に電流が走るようだった。朱鷺《とき》色に勃ち上がった乳首は、こうなってしまったらほんの少しの愛撫にも耐える事ができない。指先で弾くように虐《いじ》められると、泣くような声を上げてしまう。

「や、う、あぁぁっ……！」

背中をぐん、と反らせ、腰まで上げてしまう。すると奏を口淫していた男がすっぽりと咥《くわ》えてきて、敏感なそれにねっとりと舌を絡ませてきた。

「は、あぅう…っ！」

下半身全体が痺れるように感じる。そして、そんな自分の痴態を、ここにいる男達全員に見られているのかと思うと、どうしようもなく肉体が熱くなる。

だがこんな小さな町では、彼らは日常ではごく普通に近所づきあいをしたり、道で会えば挨拶《あいさつ》をしたりする関係なのだ。

そんな男達が、月に数回ここに集まると、奏の肉体を指や舌や、そしてその男根で狂喜させる。これは異常な事だと、奏自身にもわかっていた。

「ああ…、ああっ…！　気持ち、いぃ…っ」

「もっと気持ちよくしてあげようね」

「今日は何回、イってしまうのかな」

そして奏はそんな背徳感にさえ興奮しているように、全身をぶるぶると震わせる。股間をしゃぶっている男が双丘の狭間に指を伸ばしてきて、窄《すぼ》まった蕾を指先で解すように揉み始めた。

「も…、今日は、あっ、すぐ、イきそ…っ」

数え切れないくらいに男に抱かれた肉体は、性感が極限まで高められている。奏は、男に抱かれずにはいられない身体なのだ。自分は彼らに無理矢理陵辱《りょうじょく》されているわけではなく、彼らに奉仕を施され、そして『力』を与える存在だった。

「そら、指を入れてあげよう」

「う、んっ」

男の太い指がずぷりと中に入ってきた。その途端に足の爪先が震え、入り口からツン、とした快感が腰に広がる。

「あっ、あぁ…んっ」

手慣れた指が感じやすい後孔の中をまさぐり始めると、身体が芯から熱くなってきた。身体中が火照《ほて》り、しっとりと汗を敷く頃になると、後ろで奏を支えていた男が、ゆっくりと布団に横たえてくれた。

「では、そろそろ甘露《かんろ》をいただこうか」

両腕を捕らえられ、頭の上で押さえつけられる。すると、布団の周りで奏を取り囲んでいた男達がいっせいに身を伏せ、奏の肉体に舌を這わせ始めた。

「あっ、あっ、あ、い、いい…っ！」

すぐに尖ってしまう乳首や、そそり立って震える股間のもの、指を呑み込んでヒクつく後孔の入り口はもちろん、内股や足の指までも舐められる。露出した腋の下や脇腹にかけても舌や唇を這わされ、身体中の弱い部分を一度に責められる行為に、奏は背中を仰け反らせて喘いだ。

「今日の奏さんは、一段と感じやすいみたいだな……」

舌先で乳首を押し潰すように嬲《なぶ》っている、商店を経営している男が呟く。奏には、そんな認識はなかった。こんなふうにされると、頭の中が沸騰《ふっとう》したようになってしまい、ひたすら快楽を貪るだけの獣になってしまう。

それでも、頭の隅の方では、どこか冷静にこの事態を醒めた目で見ている自分がいた。間違いなく興奮して感じているのに、男達の様子や行動を把握しようと静かに見つめている自分が。

無意識に媚態《びたい》を晒し、男達の劣情を煽るのは奏の『お役目』のひとつでもある。たとえ理性を失うほどに狂わされても、奏は彼らの反応を必ずどこかで把握していた。

「今日は私が蜜を賜《たまわ》る日なんでね。光栄だよ」

奏のものに根元から舌を這わせている男は、確か県庁勤めだったはずだ。彼は巧みな舌先でちろちろと悪戯《いたずら》するように先端まで刺激すると、やんわりと根本を食い締めてくる。

「う……っ」

「さあ、少し我慢してもらうよ」

この後に来る快楽の地獄を、奏は覚悟した。男達の舌は身体のあちこちの感じやすいところで、奏を嬲り尽くすように動いている。彼らは奏の肉体から出る汗などの体液を舐めているのだ。今の奏は、蟻《あり》に群がられる砂糖と同じ。

「ああ、あっ、はっ、んんっ、ふぅ…んんっ！」

愉悦のあまり身悶えしてしまう身体を、動けないように押さえつけられてぴちゃぴちゃと舐められる。くすぐったさと快感が混じり合い、絶頂の波が腰の奥からこみ上げてきた。

「ああっ、くぅ――――…っ」

だが、吐き出せない。彼らは奏に我慢に我慢を重ねさせ、もっとも美味な『甘露』を味わい尽くすつもりなのだ。この時間が、奏には一番耐え難い。身体はイきたくてたまらないのにそれを禁じられ、さらなる淫らな愛撫にまみれさせられる。

「う、うっ、出した…、あっ、出したいっ…！」

「いい子だ。まだまだ我慢できるだろう？」

鼠径《そけい》部をくすぐるように舌先が踊る。思わず尻を浮かせてしまったが、それもすぐに押さえつけられた。

「やっ、あぁ…あ、イく、も、イく…ぅ…！」

我慢などできない。だが、奏がどんなに哀願しても、許される事はないのだろう。今までずっとそうだった。自分が焦れて泣くほど、彼らに対する『ご利益《りやく》』とやらが高まるのだ。

「う、ぅあっ…！」

後孔に太い指が最初から二本入ってきた。だが奏の淫らな肢体は、そんな無体な行為も抵抗なく受け入れる。ヒクヒクと蠢《うごめ》く媚肉をぐるりとかき回され、捏ね回されて、身体の奥からたまらなくさせられた。

「奏さんのここは本当にいやらしくて可愛いね。もうこんなに音をさせて」

「あうぅ…っ！　ふ、んふっ…、あんんっ…！」

二本の指を抜き差しされ、奏の上げる嬌声が高くなる。叶う範囲で尻を振り立て、もう許してくれと全身で訴えた。そうしながらも、わざと男の好む甘ったるい涕泣《ていきゅう》を漏らす。

「身体中が真っ赤だ」

「は、あ…もっ、許…してっ」

一度に責められる快感はもう何度も味わわされているが、少しも慣れる事がない。それどころか、どんどん肉体が感度を増していっているような気がする。

奏は布団の上に張りつけられたまま、男達の執拗《しつよう》な愛撫に気が触れそうになっていた。肉厚の濡れた舌で敏感な部分を舐め回され、蕩けた後孔をかき回されているのに、極める事を許してもらえない。

「い、イっ…く、くぅ、いくぅっ…！」

「この間は出さないでイっていたろう。いいんだよ」

「や、だ…、あれ、は、や…っ」

射精を伴わない絶頂は、極まったまま降りてこられない事が多いので、死ぬかと思うほどの恐ろしい快感なのだ。

「仕方ない。じゃあ二度目も、もらいますよ」

「そ、それでもいいか…らっ」

奏が必死にこくこくと頷くと、屹立の根元の縛《いまし》めがじわりと緩む。そこからカアッと腰を灼《や》く勢いで昇ってくる感覚に、きつく目を閉じた。

「う、んふぁっ！　あ、あっ、――――…っっ…！」

鋭敏なものに男の舌がきつく絡みつき、先端の脆《もろ》いところを吸ってくる。身体の芯を引き絞られるような快感に、奏は背中を仰け反らせながらあられもない悲鳴を上げ、男の口の中に吐精した。

「あ、あーっ……！　そ、そんな、吸ったらっ……！」

男は奏の放つものを一滴も漏らすまいとしゃぶり尽くしてくる。吸引されるような愉悦に爪先がぶるぶると震え、身体中ががくがくと痙攣《けいれん》した。

「ふ、うーっ、んう、ふ…っ」

やがて丁寧に股間を舐め取られ、やっと男が顔を上げたところで、奏の全身を愛撫していた舌と指が引いた。

「今日も素晴らしく甘い蜜ですよ。神の精を、ありがとうございます」

奏は男が礼を言うのを、まだ余韻でくらくらとする頭の中で聞いていた。周りで男達が入れ替わる気配がして、比較的若い男が奏の前に押し出される。

「さあ、半田《はんだ》さん。カグツチ様に御力を分けていただきなさい」

「……は、はあ……」

男は町の外から来た、地元の選挙に出馬するという青年だった。周りの空気にすっかり呑まれて、おどおどと及び腰になっている。

「なんだなんだ。すっかり縮み上がっているじゃないか。若いのに情けない」

「有り難い御力を授かりに来たんだろう？　外の者がカグツチ様を抱けるなんて、なかなか許される事じゃないんだぞ」

奏は普段はこうして町の男達に蜜を与えているが、稀《まれ》に外からも客がやってくる。そういった者にも力を与えてやるのが、奏の仕事だった。

だが彼はこの異様な状況に引いてしまったのか、肝心なものが役に立たなくなっている。

奏は力の入らない腕で身体を起こすと、その青年の萎《な》えたものにそっと手を伸ばし、顔を近づけた。

「え、あ…、ちょっと…！」

驚いたような声が上から降ってくるが、奏は構わずに口を開けてそれを咥える。半ば事務的なものだった。一度唇で全部包み込むようにしてから舌を絡めると、途端にドクン、と脈打つ気配がした。

「うわっ…」

「……ん…」

唇で締めるようにして頭を前後させ、これから自分が迎えるべき男根を育てる。それは奏の口中ですぐに硬度を取り戻し、苦しいほどに反り返った。小さくむせながらそれを口から出すと、奏は無言で男に背を向け、布団の上に両手をつく。それから誘うように振り返り、男に視線を投げかけると、彼は大きく喉を上下させ、それまでとはうって変わったような乱暴な仕草で奏の細腰をわし掴んだ。

「んあっ…！」

「くっ…！」

収縮している後孔に男根の先端が押し当てられたかと思うと、それが一気に押し入ってくる。

「あっ、あぁああ…っ！」

腰から背中にかけて、ぞくぞくする波が一気に駆け上がった。奏は上体を反らせて濡れた喘ぎを漏らす。

「そうそう、その調子だ」

「半田さん、もっと奏さんを悦《よろこ》ばせてやるんだ。その方がご利益もでかいぞ」

「わ、かり…ました」

半田と呼ばれた男は、それまでがむしゃらに突き入れていた腰を、ゆっくりとかき回すようなものに変えた。男を抱くのは初めてかもしれないが、多分それなりに経験はあるのだろう。ツボを探すような動きに、奏の腰がびくりと震える。

「ああ…は…っ」

がくり、と肘が折れ、腰だけを高く上げるような体勢になってしまった。半田の手が前に回り、奏の胸元をまさぐってくる。硬く尖っていた乳首を摘まれると、甘い痺れが走った。

「……どう、ですか…？　気持ちいいですか？」

男が動くたびに、内部が卑猥《ひわい》な音を立てる。奏は女のようにそこを濡らしてしまう体質なのだ。そしてそんな自分の体質そのものが、『カグツチ』と呼ばれる由縁になる。

「やっ…、あ、そ、そんなに、かき回したらっ…」

「こう…ですか？」

半田は自分の張り出した部分で、奏の中の、見当をつけたと思われる部分をひっかいた。

ずくん、と重い快感が突き上げてきて、たまらずに敷布を握りしめる。

「あ、んっ、あぁ…んっ」

たった今顔を合わせるまで、まったく知らなかった男。そんな男にさえ、触れられて入れられれば感じてしまう。

だが、仕方ないのだ。自分はそういう存在だ。これは奏にとっても、そして多分この町の男達にとっても必要な事なのだ。

半田は最初のためらいがちな態度はどこへやら、今や奏の性感を把握したように我が物顔で責め上げてくる。だがそれは彼のせいではない。奏を抱く男は、大抵がこのようになってしまうのだ。

「あう…っ、あ、お、大きく…なってっ…」

奏の狭い内部を押し広げるように半田の怒張が体積を増す。腰骨が熔けるような痺れに髪を振り乱すようにしてかぶりを振った。背後への刺激で再度張りつめている奏の股間のものは、先端から蜜を流している。

「おっと、もったいないな」

先ほどまで奏のそれをしゃぶっていた男が、蜜の滴《したた》るものに手を伸ばす。そのまま根元から扱《しご》かれて、端麗な顔が喜悦に歪んだ。

「う、う…っ、あんっ！」

男に促されて、半田は奏を貫いたままで身体を起こし、布団の上に座り込む。そのせいで、奏はズブズブと音を立てながら、半田のものを根元近くまで受け入れてしまった。

「うあ、あ、ひぃ…んっ！」

そのまま両脚を大きく開かされ、また屹立を口に含まれて舐め上げられて、奏の肉体が快楽の悲鳴を上げる。腰が勝手にいやらしく蠢いて、自分から愉悦を貪ってしまう。

どこからか伸びてきた手に乳首を摘まれて転がされ、頭の中が真っ白になった。自分を抱いているのが誰かなんて、もうどうでもいい。奏はこれまで、この快感と共に生きてきたのだ。今も、そしてきっとこれからも。

「あっ、きもちいっ…！　あん、あ、あぁああ…！」

切れ切れの声を上げながら、奏は半田の膝の上で仰け反る。軽い絶頂が何度もこみ上げてきて、そのたびに後ろを強く締めつけては半田を喜ばせた。

男達の指が、舌が、そして男根が奏を狂わせる。身体中を奉仕されるように犯されながら、奏は彼らの望むままに、自らの蜜を分け与えた。

「では、奏さん、ありがとうございました」

「カグツチ様、どうもありがとうございます」

男達が次々と低頭して部屋を出ていく中、奏はくったりと布団に横たわっていた。

あれからさんざんイかされ、男達の精を注ぎ込まれて、身体には泥のような気怠《けだる》さが漂っている。そのまうとうととまどろんでいると、誰もいなくなった部屋に人が入ってくる気配がした。近づいてきたそれが奏の側《そば》に屈み込み、頬に温かい指が触れる。乱れた髪を優しくかき上げる仕草にそっと瞳を開けると、一人の男が奏を覗き込んでいた。

逞《たくま》しい体躯を藍染めの着物に包んだ、精悍な顔つきの男。若さの盛りは過ぎた感がその男らしい顔に表れていたが、それが男の荒削りな色香を増していた。

「……義父《とう》さん」

「大丈夫か、奏」

頬に置かれた手に自分の手を重ね、奏は男に向かって微笑む。

身体は疲労していたが、彼に触れられると、そこから安堵が広がっていくようだった。物心ついた時から、奏は彼がする事に一度も疑いを持った事はない。

男は奏の養い親であり、保護者であり、そして奏が身体だけでなく心も許す相手だった。

奏は実際の父親の名前も顔も知らされてはいない。実の父の存在が近くにない奏にとっては、彼と、そして幼い頃は母だけが近しい存在だったのだ。

「夏が近づくと、『蜜取り』もしつこくなるな」

「季節柄、仕方ないです。……俺も、そうだし」

抱き上げようとする腕に縋り、奏は男に身を任せる。

「我慢できなくなる時があるのか」

「慣れているからなんとかなるけど……、周りには影響しているかもしれません」

六月もそろそろ終わりに差し掛かり、だいぶ湿度も上がってきている。空調の効いた部屋から出ると、蒸した空気が身体にまとわりついてきた。

「そうか。外に出る時は気をつけろよ」

「はい」

男は奏を抱き上げたまま廊下を進み、浴室の扉を開ける。檜《ひのき》造りの浴槽は古いが、通いの家政婦の手によってよく掃除され、明るい色を放っていた。

洗い場の上に奏を丁寧に下ろすと、男は自分もまた着物を脱ぎ、鍛《きた》えられた身体を露《あらわ》にする。男は四十に差し掛かった年の頃だが、その造形の見事さはいささかも崩れてはいない。

奏が思わず見惚れていると、彼は湯船から桶で湯をすくい、それを奏の肩からかけてくれた。

男達の体液でべとついていた肌が清められ、その心地よさにほっと息をつく。

奏が町の男達に抱かれ、その後の身体をこうして男が清めてくれる。

昔から、もう何度も繰り返されてきた行為だった。

奏は男を引き寄せ、また自らも求める欲求を持っていた。

淫乱症とか、そういうものではない。血筋によってそういうふうに生まれついたのだ。

そして奏の体液はそれを摂取した男達にある独特の作用を施し、それゆえに奏は『カグツチ』と呼ばれ、この小さな町の中で奇妙な立ち位置ながらも大切にされている。

「……今日、外から来た人」

「ああ、今度選挙に出るとか言ってたな」

「外部の人は、ずいぶん久しぶりでしたね」

「木嶋《きじま》さんからの紹介でな。そう何度も断ると角が立ちそうだったので、仕方なく受けた。

……嫌だったか？」

男は掌《てのひら》で石鹸を泡立てて、それを奏の肌に滑らせる。

「……っ、別に、怖い人でなければ、構わないですよ」

思わずびくついた肩に息をつきながら答えると、男が耳元で低く笑った。

「お前を傷つけるような奴はあの部屋に通さない。安心しろ」

「……将彦《まさひこ》さん……」

「カグツチを守り、周囲に気を配るのもセキレイの勤めというやつだ」

彼はどこか皮肉気にそう言って、口の端を持ち上げる。

古城《こじょう》将彦。それが男の名前だった。『カグツチ』を管理する古城家の当主で、奏は戸籍上は男の養子という形になっている。

ここは元々は深い山々に囲まれた、小さな町だった。名を、禰矢琴町《ねやことちょう》という。

人口五万にも満たない小さな町だが、近年開発の波が急速に押し寄せ、それに伴って町の存在が徐々に外に知られるようになった。

その古城家の系譜は、数百年前にも遡《さかのぼ》る。

元々古城家は時の権力者に陰で仕える薬師だったと言うが、奏も詳しいところはよく知らない。

ただ、その時の流れの中で、カグツチの存在を作ったのは古城家の当主達だ。

カグツチという名は、『火の神』を表す。下肢を焼くほどに燃えたぎる情欲を持つ存在、という意味合いだ。

この、古い町は山々に囲まれているが、地元の者しか滅多《めった》に立ち入らぬという場所には、珍しい薬草が群生している。

それらを使い、あるいはなんらかの呪術を併用したものか、古城家の薬師は様々な薬を作り出した。その薬の製法の書き付けは今も古城家の蔵の奥深くにしまわれているらしいが、実験と称してそれを服用させられた奏達の先祖の肉体が、変調をきたした。燃えるような身体の疼《うず》きと、身体から放つ香り。そして、それに惹《ひ》かれるようにして、彼――元々は寺小姓だった――の周りにいた男達が凶暴な気を放つようになる。それはそのまま、芳《かぐわ》しい蜜の香りを放つ小姓へと向けられた。だがどういうわけか、その衝動のままに彼を抱いた男達の多くが、自らが持つ才覚を次々と花開かせていったのだ。

そしてやがて人々は気づき始める。この淫らな小姓を抱けば、出世の糸口を掴めるのではないかと。

小姓はそれからひっきりなしに犯され、彼を巡って凄惨な争いまでもが繰り広げられるようになった。

その事態を重く見た土地の権力者は、寺小姓を古城家に管理させる事にした。原因となった薬師に面倒を見させる事で彼の様子を把握させるためとも、カグツチから受ける恩恵を独占するためとも言われている。そして時の流れと共に身分制度が緩くなるにつれ、現在のような、ある一定の秩序の下に、カグツチ達は町の男達に共有されるようになる。

そして奏がそうであるように、カグツチの生んだ子もまた、同じような体質を持っていた。

年月が経つにつれわかってきた事は、男達はカグツチと交わり、その体液を摂取する事によって力を得るという事だ。だが、夏などの汗をかく機会の多い季節は、体液は、より強い芳香を放ち男達を刺激してしまうので、それだけ危険が伴い、またカグツチ自身も欲情が頻《ひん》繁《ぱん》になる。

奏は物心ついた頃からカグツチとしての心得を教えられていたが、最初の発情が訪れた時はやはり動揺した。そしてそんな奏の、初めての相手となったのが将彦だった。

「だいぶ出されたか？」

解れて熱を持つ後孔に、将彦の指が触れて撫でられるだけで、ずくん、と腰の奥に甘く響く。深い息をつき、甘えるように腕を回して、彼の首に縋りついた。

「いっぱい……」

意識した媚態は、彼の許《もと》に届くだろうか。奏はいつでも、この身体全部を使って彼を誘惑したいなどというはしたない事を考えていた。義務でなしに、将彦に自分に欲情してほしい。だがこの浅ましさも、カグツチならではなのだろうか。そう思われるのが怖くて、奏はそれを口にした事はない。何せ彼には自分の体質は通用しにくいから、どう振る舞ったらいいのかわからない時がある。

誰彼構わず男を惹きつけるのがカグツチという存在だと思われがちだが、奏の放つ蜜の香りに対して、さほど反応を示さない人種がいる。それが将彦のような『鶺鴒《セキレイ》』と呼ばれる存在だ。彼らは古城家の血縁に多く見られる。鶺鴒はカグツチの淫気に反応する事はないし、同時に力を得る事もない。カグツチの力がまったく及ばない存在なのだ。

そして当主となるのは、比較的、その鶺鴒と呼ばれる者が多かった。日常的にカグツチと接する機会が多いゆえの、天の配慮なのだろうか。

だが皮肉な事に、カグツチ自身が鶺鴒と身体を重ねると、劇的なほどの快楽を感じてしまうのだ。今も、将彦と触れ合っている肌の部分が、発熱でもしたかのようにぴりぴりと反応している。カグツチが初めて男と寝る際には、ほとんどの場合が鶺鴒が相手を務め、苦痛を与える事なくその肉体を拓《ひら》いていくのだ。そして以降は、カグツチの体調や性欲の管理をする事となる。それが鶺鴒の主な役割だった。

奏の場合も例に漏れず、鶺鴒である将彦がその役を務めた。奏は今年で二十歳になったが、将彦は今の奏とそう年齢の変わらない時に奏を養子として籍に入れた。いくつかの問題は、昔ながらの小さな町の事だ。そういった事には『融通』がきくといつか聞いた。

カグツチとして、奏は多分普通の子供に比べたら特殊な環境にいたと思う。『多分』というのは、同い年の子供の友人がほとんどいなかったので、比較対象がないからだ。

学校に通っていた時も、周囲の人間は皆、奏に一歩距離を置いたところにいた。現在の瀰矢琴町では、若年者はカグツチという存在の本当の意味を知らない。古いしきたりで、町の特別な存在だと認知されているにとどまる。だが、皆なんとなく、奏の持つ独特の雰囲気を感じ取っていたのかもしれない。それでも将彦は、できるだけ自分に普通の生活をさせようとしてくれていたが、ある日、校舎裏で、男子生徒に襲われるという事件があり、それからは学校へ行く事をやめてしまった。あの時、将彦がすまなそうに謝ってくれた顔が、今でも忘れられない。

それから奏は家で勉強を続け、卒業をする年齢になった時に、学校から卒業証書が送られてきた。

だが、世が世なら、自分は屋敷の中に閉じ込められ、一歩も外に出られないという生活を送らねばならなかったのだ。奏の今の環境など、恵まれたものだ。

この町を出ていた事があるという奏の母。彼女はそこで何を見たのだろうか。奏はそれが知りたくもあり、また知りたくなかった。きっと怖いのだ。

奏の母の名は塔子《とうこ》といった。

奏は今も時々、塔子が亡くなった時の事を思い出す。彼女の愛用の品々に囲まれた、薬と甘い匂いのする部屋。その部屋の中に敷かれた布団の上に、命の火が尽きようとしている母が横たわっていた。

肉感的だった肢体はずいぶんと痩せてしまったが、その美しさは少しも損なわれる事がない。まるで燃え尽きる寸前の花火のようだと、幼い奏は思った。

「奏。自分の運命に負けないでね」

奏の小さな手を握り、塔子が囁くように奏に言い聞かせる。

「つらい事もあるけど…、カグツチはそんなに悪いものではないのよ…。いいか悪いかは、あなたが自分で決めること」

「お母さん」

死にゆく母を前に涙を零《こぼ》す奏の側には、将彦が座っていた。塔子は視線を将彦に移すと、黙って微笑んで見せる。奏を頼むと、もしかしてそんな事を言いたかったのだろうか。

その数日後に、塔子は亡くなってしまった。葬儀の後に一人庭に佇《たたず》む奏の手を、そっと握ってくれたのは将彦だ。

「将彦さん。奏は一人になってしまったの？」

奏にとって『同族』は母だけだった。その彼女がこの世から消えてしまった事に、とても自分の手には負えそうもない喪失感が胸を覆い尽くそうとしている。

「一人じゃないよ」

握る手の力がぐっ、と強くなって、奏は彼を見上げた。彼は笑ってはいなかったけれども、とても優しいものが将彦の身体中を包んでいるのが見えた。

「これからは俺が一緒にいる」

「……ずっと？」

「ああ、ずっと」

奏はその手の温かさをずっと覚えている。きっとその時から、奏は将彦が好きだった。カグツチとなって今もなお、幼いとさえ言える恋情のまま。

「う、あぁ…っ」

将彦の長い指が、ぬるり、と中に入っていく。その瞬間に腰骨が疼くような甘い衝撃が走り、奏は思わず喉を反らし、快楽の声を上げた。

将彦は最初から二本の指で奏の狭いそこを押し広げるようにして注がれた精をかき出していく。その動きがたまらなくて、思わず両腕で彼の首に縋りついた。

さっきまであれほど感じていたのに、そんなものはほんの前戯にすら思えるほど、その感覚は強烈だった。カグツチにとって鶺鴒との情交は、それほどに濃い感覚をもたらす。媚態をとって彼をもっと燃え上がらせてやりたいが、今の奏にはそういった余裕すらない。

「あっ、あっ、そ…んなに、動かさない、でっ…」

「動かさなかったら、出してやれないだろう?」

少し笑いを含んだような、困ったような将彦の声。そんな囁きを耳に吹き込まれると、身体が勝手に震えてしまう。彼の指を伝って男達が吐き出したものがあふれてくる光景も、途方もなくいやらしかった。

将彦は鶺鴒として奏に快楽を教えた。その行為は時につらく酷《こく》な事もあったが、奏は恥ずかしくはあっても、嫌だと感じた事はなかった。本音を言えば、ずっと彼だけに抱かれていたかったが、情欲の神の移し身とされる自分にはそれは許されない。

「や、あ、だっ…て、感じ、るっ…!」

あれだけ快楽を貪ったのに、まだ浅ましく欲情する。奏は時々、こんな自分の身体が疎《うと》ましくなる事がある。止まらない疼きと熱に侵された肉体は、自分の意志とは関係なしに男を欲してしまうから。

それでも将彦との行為が嫌ではないのは、奏自身がそれを望んでいるからだ。たとえ将彦にとっては自分を抱くのが義務だからだとしても、それでも嬉しい。

「力を抜け、そんなに締めるな。…そら、もう少しだから…」

「ふ、んん、あっ、あっ、あっ！」

懸命に言われた通りにしようと努力するが、蕩けた媚肉を擦るように動く指が気持ちよくて仕方ない。奏の淫蕩《いんとう》な肉はヒクヒクと蠢き、男の指を喰いしめるようにして絡みついていった。

触れられてもいない股間のものは硬く張りつめ、先端を濡らしながらそそり立って震えている。

「――――――こんなものか」

ずるり、と中から指が引き抜かれた時、奏はあまりの喪失感に死んでしまうかと思った。

「あぁあっ」

愛《め》でてくれていた存在を失って、貪婪《どんらん》な内壁が飢えたように悶える。腰の奥に生まれる疼きは、このままではおさまりそうになかった。

「…将、彦さんっ…」

どうかもっと太いものを、と口走りそうになった時、奏の口から漏れたのは嬌声だった。ふいに伸びてきた将彦の指が、奏の尖り切った乳首を摘んで弄《もてあそ》ぶ。

「あ、あん、あっ、そ、そこだめっ…！」

「こんなに膨らませて…、どれだけ弄《いじ》られたんだ？」

男達に虐められ、可愛がられた胸の突起は朱《あか》く染まってその存在を懸命に主張している。びりびりと過ぎるほどに感覚の高まったそれの周囲を優しく指先で撫で回されるのは、ひどい責め苦にも似たもどかしさだ。腰の奥の疼きと連動して、身体全体が性器になってしまったような錯覚すら覚える。

「奏？」

促されるように名を呼ばれて、奏は舌先で唇を舐めた。

「そ、こは…っ、皆さんに、摘まれて転がされたり、く、くすぐられたり、舐められたりして…っ、気持ちよく、していただきました…っ」

卑猥《ひわい》な言葉を口にすると、恥ずかしさで死にそうになる。けれど、それと同じくらいの激しさで興奮する自分を、奏はもう嫌というほど知っていた。

「……こんなふうにか？」

将彦の瞳の奥に、何か強い光が走る。それを認識した瞬間に指先で突起の部分を何度も弾かれ、そこから快感の電流が全身を駆け巡った。

「あっふあっあぁ…っ！」

身体中の性感が乳首へと集まる。感じすぎてどうしたらいいのかわからず、奏は限界まで反らした背をぶるぶると震わせていた。

「や、あ、い、イッちゃ…、乳首、イく、う、――――…つっ…！」

愉悦が胸で爆発する。それは身体のそこかしこで誘爆を起こし、奏は脚の間から白い蜜を弾けさせた。浮いた腰を、物欲しげに揺らしてしまう。

「…はっ、あ、…っ」

乳首だけでイかされるのはめずらしい事ではなかった。この淫蕩な身体は、脚の指を責められただけでも達してしまう事ができる。まして、相手が将彦ならばなおの事だった。

「奏。……可愛いな」

「んん、ぁ…う」

唇を重ねられ、吸われて、奏はじんじんと痺れる指先で将彦の背中を抱く。舌を捕らえられてしゃぶられると、もうわけもわからず、はしたない呻《うめ》きを上げて腰を擦りつけた。すると力強い手が、やや乱暴に奏の両脚を抱え上げてくる。挿入の期待に絡めた舌先を震わせると、火のように熱いものが後孔に押し当てられた。

「……っア、んん、ん――――！」

口を合わせたままで貫かれ、悲鳴はすべて吸い取られる。一番太い部分で体内を押し開かれていく感覚に我慢できなくて、目尻から涙がぼろぼろとあふれた。

鵜鴒の男根で突き上げられたら、カグツチの自分にはもうどうする事もできない。ただ快楽に屈服し、翻弄《ほんろう》されるしかない。

「あ、あ――……、だめ、い、いい、いぃ…っ！」

啜り泣き、全身で愉悦を訴えて、奏は体内を犯していく熱の塊《かたまり》を味わう。ずん、ずんと突き上げられるたびに頭の中が真っ白になり、繋がっている部分から熔けていくような感覚に襲われる。

「あっ…あっ、ま、前、でる、また、でるっ…！」

奏の性器は、先ほどから勝手な絶頂を繰り返して愛液をとめどなく噴き上げていた。さっきの男達が見たら、喉を鳴らして舐め尽くしてしまいそうな光景だ。

「ご褒美《ほうび》だ。うんと気持ちよくしてやろう」

「あ、う、嬉…し、うれしい…っ」

奏の端麗な顔に喜悦の表情が浮かぶ。次の瞬間には脆い場所を小刻みに突かれ、細い腰の痙攣が止まらなくなった。

「あっ、あふ、あ…あ、んんくぅ…っ！」

「ここが好きか？」

もう目が開けられないが、閉じた瞼の向こうから熱く優しい囁きが降ってくるのがわかる。

「んん、すき、そこ、すき…ぃ…っ」

がくがくと頷くと、今度は腰を引かれ、重く強い突き上げでそこが責められる。奏はそのたびに泣き声を上げ、真っ赤に染まった内股を引き攣《つ》らせた。

将彦は奏が男達に捧げられるたびに、まるで儀式のようにさんざんに嬲られた身体を抱いてくれる。それは最初の時から、ずっとだった。

そして奏はそれを心待ちにし、次の『蜜取り』の儀式を待つのだ。

それは奏にとって決められた運命であるが、死ぬほど厭《いと》うという事でもない。この、甘い毒のような悦楽に浸されたまま生きるのも、将彦が抱いてくれるなら悪くない、と思っていた。

外の世界の事など、知るよしもない。どうでもいい。

そこから何がやってきたとて、この町は変わらないと思っていたかった。

山で囲まれるように存在しているこの町の夏の湿度は高い。それでも北に位置している分、気温は低めだが、やはりじっとりと肌が湿ってくるのが不快なのは否めなかった。

「大丈夫ですか、奏さん」

車から降りようとしている時に、運転手の坂木《さかき》が申し訳なさそうに声をかけてくる。車内はエアコンがよく効いていて涼しい。奏はドアにかけていた手を戻して、坂木の方に向き直った。

「すみませんねえ。うちのやつが怪我なんてしなければ」

「心配ないよ。奥さんについていてあげた方がいい。帰りは、すぐタクシー拾えるだろうし」

病院の駐車場から玄関口を眺めながら、奏は気遣うように坂木に言った。彼の妻が今朝、階段から滑り落ちて足をひどくくじいたらしい。そのために奏をここまで送り届けはしたが、診察が終わるまでは待ってはいられないというのだ。

足を怪我しては、身の回りの事も何かと不自由だろう。急な事だし、と奏は彼の早退を快く了承した。

この季節は、奏は特に外出に注意しなければならない。

だが、車内も建物の中も空調が効いている。あまり長く外にいなければ問題ないだろう。通院の日にちをずらす事も考えたが、主治医の木嶋も忙しい男だ。それに、あまりあの男に対して借りを作りたくないと将彦は思っているらしい。

「じゃあ、奥さんをお大事に」

「ありがとうございます。お気をつけて」

恐縮して運転席から頭を下げる坂木に軽く笑みを返して、奏は車のドアを開ける。すぐに夏の重苦しい空気が一気に身体にまとわりついてきて、軽く眉を顰《ひそ》めた。足早に病院の玄関にたどり着いて中へ飛び込むと、そこは空調でほどよく冷やされている。浮き上がり始めた汗が引いていく感覚にほっと息をつきながらも、奏は目指す場所へと真っ直ぐに歩いていった。

病院の中は相変わらず混雑していて、奏が側を通るとちらりと視線を投げかけてきたり、そっと頭を下げてくる者もいるが、その一方で、奏を気にも留めずに通り過ぎる者もいた。

この禰矢琴町も最近急速に発展してきたので、外からこの町にやってきた者などにはあえてカグツチの事は知らせないようにしているという。確かに、町の男達に共有され、カグツチと呼ばれている存在がいるなど、この現代には受け入れられ難いだろう。そういった価値観を持たない者と、あえて揉める必要はないという事だった。

当人である奏にはよくわからないが、確かにそうかもしれない、とは思う。こんな厄介な体質を持つ人間はそういるものではないという事は、世間に疎い自分でもよくわかる。

カグツチは、この町の古い、あまりにも古い遺産だ。

いずれは時の流れに埋もれ、自分達の存在さえ消え去っていってしまうのだろうか。

時の流れの中にその血筋は次第に先細りになり、現存するカグツチは、もはや奏一人。

最近になって、カグツチを奏の代で廃止するという話も出ているらしいと聞いている。現代の価値観からすれば、一人の人間をよってたかって犯し尽くすという行為はあまりに奇矯《ききょう》で非道な事のように感じられるかもしれない。だから町の人々は苦心して秘密を守ってきたのだが、昨今の情報化社会ではそれも難しくなってきた。そのように、あまりにも時代にそぐわなくなっているというのが主な理由らしいが、それを聞いた時、自分は時の流れに取り残された遺物なのだと思った。

奏は自分の存在が急に希薄《きはく》なものになったような感覚を覚え、ぶるりと肩を震わせた。空調が少し強すぎるのかもしれない。

三階の廊下の一番奥。通い慣れた診察室のドアをノックし、奏はそっとドアのノブを回して部屋の中に入った。

月に一度、奏は町で一番大きなこの木嶋総合病院で、健康状態をチェックするための検査を受けていた。それと共に、カグツチの体質を科学的に証明する、というのも目的のひとつらしいが、今現在成果が出ているのかどうかよくわからない。将彦なども、それを解明することに特に関心はないようだ。だから木嶋が家を訪ねてきて、奏を医学的に調べさせてほしいと願い出てきた時、くれぐれも実験体のような扱いはしない事を条件に承諾した。

将彦はそう言っていたが、奏はできれば、勝手に疼いてしまうこの肉体のメカニズムを知りたいと思っていた。だから、木嶋が提案する検査の数々を、できる限り了承して受けたいとは思っているのだが。

「体調はいかがですか？」

「特に変わりはないです」

目の前で机に向かっているこの男、院長である木嶋が、奏はなんとなく苦手だった。五十代という年齢にしてはかなり若く見える木嶋は、髪をきっちりとセットし、品のいい眼鏡をかけていた。清潔な白衣の下からは、高級そうなネクタイが見える。

カグツチとして彼に抱かれた事はある。それについては、別になんとも思ってはいなかった。奏に触れ、その蜜を口にした男達は、大抵なんらかの執着を自分に見せる。だが、この町では奏自身が生き神のような扱いをされているために、他の男達は皆、分をわきまえているというか、一種の畏怖《いふ》のような感情を持っているらしかった。そのために、彼らは欲望を目の奥に隠しながら、恭順《きょうじゅん》の姿勢を奏に見せる。蜜取りの儀以外では、奏に対して無礼な行いをする事はないし、またそれは御法度《ごはっと》とされていた。

だが、この木嶋は、どうかするとひどく無遠慮に奏に踏み込んでくる。それでも、彼は古城家に対して様々なバックアップをしているので、そう無下にもできないのだ。

「先生、俺の体質については、何かわかったんでしょうか」

奏がたずねると、木嶋はカルテに英語で何か書き込みながら少し困ったような笑みを浮かべる。

「これまで血液検査をはじめとする様々な検査をしてきたけれどもね――、わかった事はこれと言ってないというのが現状だ」

「……そうですか」

奏は軽く失望すると共に、木嶋に対して軽い苛立ちを覚えた。これまで検査と称しさんざん奏の肉体に触れておきながら、いまだ何もわからないと言う。

「本当に、何もわかっていないのですか？」

もしかしたら、なんらかの事を掴んでいながらも、こちらに対して秘匿《ひとく》しているのではないだろうか。そんな思いがちらりと脳裏をかすめ、奏は再度木嶋にたずねてみた。反応を、注意深くうかがいながら。

「何しろ、例を見ない症例だからね。淫乱症の一種かとも思うが、その体液まである種の力があるというのはおもしろい。おまけに遺伝性まである。すぐには結論を出せないよ」

「…………」

木嶋の言葉に、奏のこめかみがちり、と熱さを覚えた。この男は、カグツチの存在は病んだものであるというのだろうか。けれど否定する事もできない歯がゆさに、奏は床へと視線をさまよわせる。

「しかし、古城家の先祖は、初代のカグツチにいったいどんな秘薬を飲ませたというのだろうね。文書は本当に残っていないのかい」

「そう聞いています」

本当のところは、現存している。だが、その事は将彦から固く口止めされていた。奏もまた、実際に見たことはない。その薬の製法の書きつけが厳重にしまわれている古城家の蔵の鍵は代々の当主が管理していた。

「そうか……、それは残念だ。それがわかれば、ぜひとも研究してみたいところだが」

木嶋は心底無念そうに呟いてから、奏に向き直った。

「胸の音を聞こう。そこに横になりなさい」

指し示された診察用のベッドへ、奏はおとなしく身体を横たえた。聴診器を耳に当てながら近づいてくる木嶋に対し、コットンのシャツの前を開ける。陽に焼けていない白い肌が露になった。

「っ」

ひやりとした、冷たすぎる金属の感触は苦手だった。つい、肌を震わせてしまいそうになる。

「音に異常はなさそうだね」

木嶋はそう言いつつ、何度も聴診器を奏の肌に当てた。普段は温度の低い奏の身体は、その体温で金属を温める事もできない。脇腹近くに当てられたそれがつつうっと下に降りていった時、奏ははっきりと身体を震わせてしまった。

「っ……！」

「ああ、くすぐったかったかな。ごめんごめん」

「……あっ！」

ふいに冷たい感触が乳首を襲い、奏は思わず声を上げてしまった。慌てて口を押さえたが、もう遅い。聴診器の金属が刺激で勃ち上がった乳首をつつくように転がし、明らかに性的な悪戯をくわえてくる。

「…せ…、先生っ…」

「……少し汗をかいたようだね」

木嶋の声が、少し上擦って熱を帯びたような響きになる。男は、奏を診察する時に、こんなふうによく悪戯を仕掛けてきた。こうなってしまった男から逃げると、相手が逆上したりするので、奏は眉を顰めながら気のすむまで触れさせてやるしかない。

「…っ先生、ご自分のその反応は、興味深いものではないんですか…っ」

乾いた掌が肌を這う感触に背中を震わせながら、奏は相手を正気づかせようとして声をかける。

「これは純粋な衝動だね。何せ君は非常に魅力的で、私はその味を知っている。慣習的な作用として、求めても無理からぬ事だよ」

——屁理屈を。

奏は思わず木嶋を睨みつけたが、男はどこ吹く風だった。

だが、奏の身体はすでに力が入らなくなっている。押しのけようとする手も、まるで縋るように相手の腕に重ねられているだけだった。

「あ、あ…」

「せん…せい」

両の乳首を捕らえられ、指先でくすぐられて、たまらずにベッドの上で身を捩《よじ》らせる。

「ああ、いい匂いがする…」

奏の上に身を屈めてきた木嶋の舌が、下腹から胸元へと舐め上げてきた。ビクッ、と身体を震わせた瞬間に衣服の上から股間を撫でられ、熱い疼きがこみ上げてくる。

「…それ…以上は…っ」

逃げようと身体をずり上げようとするが、まったく言う事を聞かない。肌が勝手に熱を持って、悪戯する木嶋の愛撫に応えようとしていた。こんな時は歯がゆさに唇を噛みたくなる。

「そうだね。このままでは服を汚してしまう。どれ、出してあげよう」

「あっ、やめっ…」

ボタンとジッパーにかかった木嶋の手が奏の衣服の中に潜《もぐ》り込み、硬くなりかけたものを強引に外に引きずりだしてしまった。

「いつもあれだけ沢山《たくさん》の男に可愛がられているにもかかわらず、相変わらず初《うぶ》な色をしているな――」

「う……っ」

くびれの部分を弄ぶ指の動きに、息がつまりそうになる。そこは色んなふうに刺激され、ほんの少し触られただけでも我慢できなくなってしまった。

「力を抜いていなさい。こうやって、気持ちよくしてあげよう」

「ああっ!」

木嶋は右手で奏のものを下から上へと扱き上げ、もう片方の手で先端をくるくると撫で回す。下半身が一気に甘く痺れて、一瞬意識が飛びそうになった。

「は、あっ、うっ！　だめ、だ…め…っ」

やめてもらえないとわかっていても、奏は嫌々とかぶりを振って口だけの抵抗を繰り返す。快感を与えられると、どうにもならなくなってしまう身体は、こんな時には絶対的に不利だった。

「感じるだろう？　そら、もうこんなに濡れてきた……」

小さな蜜口から零れる愛液を指の腹でくちくちと塗り広げられると、高い声が漏れてしまう。

「少々大きな声を出しても構わないよ。このあたりは人も少ない。聞こえたとしても、まあ別に問題はないだろう。ここに君がいる事を皆知っている」

「ふう、うっ…、んんっ！」

それでも奏は声を抑えようと、自分の手で口元を覆った。すると男が笑う気配がして、股間に施される愛撫がいっそう激しく、執拗になる。

「我慢していると、よけいに感じてしまうぞ」

その通りなのだが、奏は口を覆った手をどける事ができなかった。木嶋の手の中のものは今や限界まで勃ち上がって、悦楽に耐え切れずふるふると震えている。それをいたぶるように刺激されるたびに、奏はもう片方の手で硬いベッドに爪を立てた。

「ああ、気持ちよさそうだ。奏くんは本当に感じやすくて、いやらしいな」

そして奏は、こんなふうに言葉で嬲られても興奮してしまうのだ。まるでセックスのために生まれてきたみたいだ。悔しいのに、止まらない。

「あ、ふんっ…、んっ！　――――っ！」

割れ目の部分を強く擦られた時、がくん、と全身が震え、腰の奥で快感が爆発した。奏は大きく仰け反った背中をわななかせながら、木嶋の手の中に白い蜜を吐き出す。カグツチの、甘露を。

「これはこれは――――」

沸騰する意識の中で、奏は笑うような木嶋の声を聞いた。

いささか乱暴にドアを閉めて、奏は足早に病院の廊下を歩いていく。

まだ足先が少し痺れてはいたが、転びさえしなければ問題ない。

あれから奏は手で極めさせられた後、今度は木嶋の口に含まれ、さんざんにしゃぶられた後でまた吐き出させられた。口惜しいのに抗《あらが》えず、最後には何か卑猥な言葉を口走ってしまったような気がする。

まったく、気分が悪い。来月もあの男に身体を見せなければならないのが憂鬱《ゆううつ》だった。診察中に悪戯をされる事はたびたびあったが、今日は特に執拗だったような気がする。

だがそれも、奏が発する香気のせいなのだろうか。

人でごった返す待合室を通り過ぎ、玄関ポーチまで来て奏は失望を覚えた。いつもなら客待ちのタクシーが何台か停まっているのに、今日に限って一台もいない。

「――――」

奏はちらりと背後を振り返り、玄関の窓硝子《ガラス》越しに待合室を見た。

あそこで車が来るのをのんびりと待つ気にはとてもなれない。今はともかく、無性にこの建物から出たかった。早く人目につかない場所に行きたいのだ。

この明るい太陽の下に、ついさっきまで男に愛撫されて喘いでいた身体を晒しておきたくはない。

奏は数秒ほど考えて、ポーチの屋根の下から強い日差しの照りつける外に足を踏み出した。もうすぐ昼時が終わるから、昼食を終えたタクシーの運転手も仕事に戻るだろう。大通りを歩いていれば、車も拾えるに違いない。

そう考えたのは早計だったかもしれないと思ったのは、それから数分も経たない頃だった。

「……まいったな…」

歩き始めて数分経っても、車はちっとも拾えなかった。湿気が身体にまとわりつき、額に汗が浮かぶ。背中をつうっと汗が伝う感覚がした。まずい、と思って人のいない道を歩くうちに、到底流しのタクシーなど通らないだろう場所を歩くはめになる。

舗装されていない道の片側には川が流れ、その向こうにぽつりぽつりと住宅があるだけの寂しい場所だ。こうなったら、人目を避けて徒歩で家まで帰るしかないかもしれない。多分、あと二十分ほども歩けば自宅までたどり着けるだろう。

――誰にも会わなければいいが。

正確には男に会わなければ、だ。こんなにじっとりと汗をかいた奏は、どんな影響をもたらすかわからない。もうこれではタクシーに乗るのも無理だろう。

いっそ将彦に連絡して迎えに来てもらおうか、とも思ったが、それを待っている間に少しでも家に近づいた方がいいと判断した。彼の負担には、できればなりたくないのだ。

それが古城の家の当主の役目とはいえ、将彦は常に奏の事を気にしている。それが義務感からだろうとはわかっているが、奏はそれを思うと少し切なくなるのだ。もしも自分がカグツチでなかったら、彼は側にいてくれるだろうか。

カグツチという立場が、自分と将彦との間を繋《つな》ぐと同時に、大きな隔りをも作っている。考えても仕方がない事なのに、それ以上を求めてしまう自分の欲深さを、時に疎ましくすら思ってしまうのだ。

せめて、厄介者だとは思われたくなかった。奏の世界には将彦しかいないから、彼にうっとうしがられたら、どうしていいのかわからない。

だが、こんな天候の時に外を歩く事など滅多にない。おまけに先ほどの火照りが身体に残っているせいか、次第に頭がぼうっとしてくるのを感じた。胸の奥から軽い吐き気までこみ上げてくる。熱中症か脱水症状か。どちらにせよ、あまりいい状況ではない。

早く帰らないと。

そう思って足を速めようとしたが、なんだか縺《もつ》れるようにうまく動けない。まずい。完全に体調を崩したようだ。

「っ……」

そうこうするうちに、膝から下が萎えてしまったように力が入らなくなる。かくん、と膝を折ってしまった奏は、力尽きたようにそのまま頽《くずお》れてしまった。

「はあ……」

暑い。汗が滲《にじ》む。まるでぬるま湯の中にいるようだ。

だが、こんな事で動けなくなってしまう自分に、そして外を歩くのにも気を遣わないとならない自分の体質に、今さらながらに情けなさを覚える。何がカグツチ様だ。そこいら中に発情の匂いを垂れ流す、ただの淫売ではないのか。

それでも、自分を罵倒《ばとう》している場合でもないだろう。奏はポケットから携帯を出すと、自宅へ連絡しようとした。こんなところで倒れてしまっては、負担どころの話ではない。けれど奏がフリップを開こうとした途端、後ろから車の排気音が聞こえてくる。背筋にすうっと冷たいものが走った。

運転手は、自分がカグツチの奏だと知っている人物だろうか。

知っている者ならば、今のこの状態の奏には近寄らないだろう。そのまま通り過ぎて、運がよければ古城の家に知らせてくれる。

だが、知らない者だったならば。

自分はいい。今さら誰に犯されようが、たいして変わりはない。だが、何も知らない者が香気にやられて衝動のままに奏を抱いてしまえば、何もなかった事にはできないだろう。

昔はともかく、近代化した今のこの町では、表向きカグツチの存在は伏せられている。

自分の不注意のせいで、せっかく将彦らが苦心して守り抜いた秘密を、白日の下に晒したくはなかった。

だが、そんな奏の思いをよそに、無情にも車はすぐ近くで停車した。窓の開く気配がする。

「――おい、あんた。どうした。大丈夫か」

「つ……」

かけられた声に、どきりと心臓が高鳴る。恐る恐る振り返ってみると知らない男が車の窓から顔を出していた。どこか異質な空気を纏《まと》っている。外の人間だろうか。

「……大丈夫です。行ってください」

硬い声で答えたけれども、男は奏の様子を体調不良によるものと勘違いしたらしい。実際に体調は悪かったが、本当に問題にすべきはそこではないのだ。

奏は立ち上がり、その場から去ろうとしたが、二、三歩も歩かないうちにまた膝が折れてしまった。ふがいなさに舌打ちが出る。

すると車のドアが開く音が聞こえ、男が降り立った音がした。こちらにやってくる。

「だ――」

だめだ、と言おうとしたが、喉が渇いていて咄嗟《とっさ》に声が出なかった。咳き込んだ奏に、男が慌てて駆け寄ってくる。その手が肩に触れた時、警戒で思わず全身が強ばった。

「熱中症かもな。車へ」

「い、いえ、それは――」

「攫《さら》ったりしないから安心しろ。俺はこういう者だ」

男が差し出した名刺をおずおずと受け取ってみると、『ジャーナリスト・フリーライター』

というふたつの肩書きがまず目に入った。この町では、ちょっと見かけない職業だ。そして名前の欄には、『都築高臣《つづきたかおみ》』と書いてある。

「安心したか？　早く車へ」

肩を抱えられるようにして奏は停まっている車の後部座席へと乗せられた。ひやりとしたエアコンによる空気が心地よい。たちまち汗がひいていく感触がした。

「あまり冷えてないけど、飲むといい」

運転席に乗った男からスポーツドリンクのボトルを渡される。礼を言って受け取った奏は、キャップを開けて一気にそれを呷《あお》った。水分が身体中に行き渡るような感じがして、思わず息をつく。

「落ち着いたか？」

「はい。すみません、ご親切に――」

そこまで言いかけて、奏はぎょっとして男を見る。こんな密室で、汗をかいた自分と一緒にいて、この男はなんともないのだろうか。

今さらながらにそれに気づいてまじまじと相手の様子を窺《うかが》うと、男は何を勘違いしたのか、奏の警戒を解こうと自分の事を話し始めた。

「俺は都築高臣という。東京から来たんだ。仕事でな」

「……東京から……」

母が生前、向かったという街だ。ここには比べものにならないほど大きな、この国の中心にある都市。そこはその気になれば半日ほどで行けるというのに、奏にはひどく遠いところのように思える。

男は、将彦よりはいくらか年下のように見える。三十代半ばといったところだろうか。よく陽に焼けた、野性的で逞しい体躯をしていた。とはいえ野暮ったさのようなものはなく、どこか都会の風のようなものを感じさせられる。整った男らしい容貌からは、きっと異性にも放っておかれないのでは、という印象を受けた。こんな田舎町に一人で来ている事が、いっそ不思議なほどだ。

だが、男の様子はまるで平然としていて、こんな状態の奏と一緒にいるのに信じられないほどに凪《な》いでいた。それどころか奏の様子を気遣い、あやしい者ではないのだと不信感を解くように笑って見せる。

「……すみません。御礼が遅れました。古城奏といいます」

男の事も気になるが、危ないところを助けてもらったのだ。それなりの謝意を示すべきだろう。奏がぺこりと頭を下げると、男は――、都築は、少し驚いたようだった。

「古城……？」

「何か」

「ああ、いや、この町には取材というか、ちょっと調べ物に来たんでね。その名前には聞き覚えがあったから」

古城家は、この町でも最も古い旧家にあたる。この町の郷土史でも事前に調べたならば、おそらく名前が載っていただろう。

「俺は、古城の血は引いていませんけど」

「そうなのか？」

「養子です」

自分の存在はこの町の中でも秘匿事項に入っているというのに、うっかりと身元を言ってしまいそうになる自分に驚いていた。だが奏の思惑よりも、都築の反応の方がもっと顕著《けんちょ》だった。彼は何かを探るようにじっと奏を見つめてくる。反射的に身構えると、彼は慌てて視線の強さを緩めた。

「いや――――、少し、不躾《ぶしつけ》だったな」

「いえ……」

「顔色もだいぶよくなったな。ちょっと触るぞ」

男の懐《ふところ》に引き込まれて油断していたところに手が伸ばされ、奏はそれを拒む事ができなかった。火照った額や頬に、男の掌が当てられる。

「――――！」

「まだ熱いが、この分なら大丈夫だろう」

都築の言葉は、奏の耳に半分も入ってはいなかった。先ほどは驚きと緊張のせいで気づかなかったが、彼に触れられた瞬間に、肉体の真芯がどくん、と激しく疼いたからだ。

それはまぎれもない肉欲。これほどの熱を自分にもたらす存在を、奏はたった一人をのぞいては知らない。

鶺鴒である、将彦以外は。

「――――ぁ…」

ひくっ、と喉を震わせ、信じられない思いで目の前の男を見つめる。

先ほどの様子から、彼は特に奏の存在に対して衝動を煽られてはいない。だが、奏自身は男に触れられた途端に激しい情動の波を感じていた。

これはいったいどういう事か。

考えるより先に、奏の身体が答えを出していた。

この都築という男もまた、『鶺鴒』であるという事を。

「ありがとうございました。御礼には、いずれまた――」

「いや、気にするな。そのうちこちらから出向くかもしれないからな」

都築は最後に、気をつけて、と言葉を残し、車を出した。奏は可能な限り遠ざかる車の姿を見送っていたが、やがてそれが角を曲がって見えなくなると、くるりと踵《きびす》を返し、古びた門構えの中に飛び込んだ。

「ただいま戻りました！――将彦さん！」

最後の方は呼びかけではなく、懇願だった。奏は広い家屋を小走りに駆け抜け、いつも将彦がいる書斎へと足を運ぶ。

「将彦さん、いますか？――奏です」

戸口に手を当ててせっぱつまった声で呼びかけてみるが、応える声はない。でかけているのだろうか。そっと戸を引いてみると、薄暗い中に将彦が仕事場にしている書斎の空間が広がる。木の机の上にはきちんと整理された帳簿と書類が置かれ、部屋の主はそこに座ってはいなかった。

奏は戸を閉めると口元に手をあて、ふらりとよろめいて壁に背中をぶつける。その感触にすらざわりと肌がさざめいて、思わずそこから身体を離した。

都築に触れられた事による疼きは今や全身に広がって、奏を苦しめている。将彦に抱いてもらわねば収まりがつきそうにないが、その肝心の将彦がいない。

奏はふらつきながらまた長い廊下をたどり、やっとの思いで階段を昇って、自分の部屋まで戻ってきた。

後ろ手に戸を閉めると、押し入れに手をかける。その中の物入れにしている小さな箪笥《たんす》の引き出しを開け、奥にしまってある木箱を取り出した。三十センチほどの長さを持つそれは、ずっしりと重い。

机の上にそれを置き、そっと蓋を開けると、藍色の布の上に横たわる男根の形を模《も》した張り型が姿を現す。

鼈甲《べっこう》でできたそれは、表面に繊細な細工が施されていた。見た目には美しいとさえ思える模様だが、それは単なる鑑賞目的のための細工ではない。震える両手でそれを取ると、奏は壁際のベッドまで行き、それを一度布団の上に置いた。

こんな時のために、将彦が職人に頼んで作らせたものだ。

奏はどきどきと速まる鼓動を抑えつけながら、自らの衣服を緩める。シャツのボタンを外し、下肢の衣服を床に脱ぎ落としたところで、膝をついてベッドに上がった。

「……ん……」

張り型を手に取り、口を開けてそれに舌を這わせる。無機質な異物であるのに、それは不思議とぬくもりを持っているような気がした。奏がカグツチとして目覚めたばかりの頃は、まだ感覚の制御ができず、しょっちゅう不本意な発情を繰り返していた。これはそんな時に、よく奏の身体を鎮《しず》めてくれたものである。引っ張り出すのは、ずいぶんと久しぶりだ。

「…はふ…、う…」

たっぷりと唾液をのせて張り型を濡らしていくと、表面が妖しい光沢を放つようにぬらぬらとてかってくる。それを見ていると後孔が泣くようにわなないてしまって、もう我慢ができそうになかった。

――もう、入れたい。

本当は身体中の感じる部分をいやらしく愛撫されたいのだが、今はそれは叶わない。それでも、後ろの孔《あな》をめいっぱい押し広げられ、かき回される時のあの快美感を思い出す。

奏はベッドの上に膝立ちになると、張り型の底を布団の上に押しつけ、自らを串刺しにするようにゆっくりと腰を下ろしていった。

「ふあっ」

くちゅっ、と、張り型の先端と後孔の入り口が触れ合う音がする。そこからジン、とした痺れが広がっていくような気がして、奏は片手で自分の身体を支えながら、息を吐いた。

「あ…やぁ…っ、あ」

先端を呑み込んだ肉環が、容赦なく広げられていく。この時の感覚が一番好きなのだ。体内を征服され、侵されていくような快感。

「あ…い…、いぃ…いっ」

こみ上げてくる愉悦に涙が滲む。太いものをある程度まで入れてしまうと、奏はそれを押さえたままで腰を使い始めた。今入れたものが身体の中から出たり入ったりする。そのたびに内部が激しく擦られ、下半身全体が痺れていきそうになった。

「ああっ…、あぁあ…んんっ」

張り型の表面の細工模様が中の壁を淫らに刺激してくるのがたまらない。内股がぶるぶると震え、股間のものは蜜を滴らせながら勃ち上がった。

「ん…あ…っ、さわりたいっ…」

奏は身体を支えていた手を離すと、はあはあと息を弾ませながら上体を起こす。ずぷぷ、と張り型が奥に入ってしまった瞬間に高い声を上げてしまった。

「ひゃうっ…！」

悲鳴を上げながら自分のものを握ると、そこからどくどくとした熱が伝わってくる。欲求のままに扱き立てて、放埓《ほうらつ》な快楽を味わった。

「あっ、あっ、あっ！」

自分で自分を責め立てながら、奏は小刻みに首を振って啜り泣く。真っ白に塗り変わる意識の中に、ふと、浮かび上がってくる顔があった。

――大丈夫か？

誰なんだろう。あの男は。奏の放つ蜜の香りに反応せず、逆に自分がこんなにも欲情してしまっている。

あの人に抱かれたらどんな感じなのだろうか。あの力強い、みるからに都会的で猛々《たけだけ》しい腕は、自分をどんなふうに抱くのだろうか。

その瞬間、張り型の先端が最も弱い部分を抉《えぐ》り、火のような快感に肉体が包まれた。身体が浮き上がり、どこかへ飛ばされていくような感じ。

「あ、やあ、イく、い、ふぁ――！」

内壁がぎゅうっと張り型を締めつけ、表面の細工が激しく媚肉を刺激する。その快感にもまた目が眩《くら》みそうになりながら、奏は何度となく下肢を痙攣させた。

「あ、は、あ……あ」

手の中のものから、どくどくと白濁が零れて伝う。

奏の身体から力が抜け、布団の上にどさりと横向きに倒れていった。

まだ後ろには張り型を咥えたままだ。絶頂の余韻にひくひくと内部がわななくたびに、感じやすい媚肉が細工に刺激される。

――早く抜かないと、また……。

この淫蕩な肉体は、刺激を受ければそれだけたやすく燃え上がってしまう。情けない、と唇を噛んでもどうにもならないのだ。意志の力でどうかなるものならば、とっくにやっている。

「あ、くぅ…ん」

そして再びの波の訪れに指を噛み、奏は妖しく腰を揺らめかせた。

逃れられない情欲の力は、奏にカグッチである事を運命づけている。それは、幼い時からそう教えられていた。だから、仕方がない事だと思っていたのに。

外から吹く風は、諦めに凪いでいた奏の心の中をも、強く吹きすさいでいく予感がしていた。

夕食はいつも二人だけでとる事が多かった。

通いの家政婦が用意してくれた食事を、将彦と奏は卓について食べている。口数は決して多くない二人だったが、沈黙が気まずいという間柄でもない。何かがあれば積極的に話をしていたし、笑い声が上がる事もある。

物心ついた時から、奏にとって一番近い位置にいたのが将彦だ。母親と死に別れ、この屋敷に一人取り残された時も、悲しみはあったが不安はさほど感じなかった。

そして彼は、奏にとって初めての男だ。それは別段嫌な事ではなく、自然な事として受け入れたのを覚えている。少なくとも、カグツチのお勤めとして、町の男達に抱かれるよりはよっぽど。

昼間に激しく自慰をしてしまい、奏はややいたたまれない思いを味わいながら焼き魚をほぐしていた。都築の事も話していない。ひょっとすると、彼はめずらしい鶺鴒かもしれないのに。

将彦を含め、鶺鴒の近くにいると、奏の肉体は情動を覚える。

だがそれは接触する時間が多くなるほどに慣れていき、次第にただ側にいるだけならば普通の男と同じように接する事ができるようになるのだ。

ただ、それでも触れられればただではいられない。他の男に抱かれるより、ずっとずっと感じてしまう。

「検査はどうだった？」

「……あ、別に。何も変わりないです」

唐突に話しかけられ、奏ははっと我に返った。木嶋にされた事は最初から黙っていようと思っている。それでなくとも、将彦はあの男をあまりよくは思っていない。

ここ数年で奏も気付いてきたが、彼はカグツチの存在を管理し、秘密を守るという事に、とても心を砕いている。

彼にどう思われていようが、自分が大切にされている事は感じているし、たとえ将彦が自分と同じ感情を抱いてなくともそれは構わないと思っていた。

奏にとっては、将彦は唯一無二の男だ。

心のよりどころというだけでなく、奏がこの町で少しでも生きやすいように気を配ってくれている。母が死んだ時に手を握ってくれたあの時から、奏は生きる意味を将彦に求めてしまっていた。

彼がいなくては、奏はそれこそ文字通りに生きていけない。

「まだお前の秘密を暴こうなんて言っているのか」

「……淫乱症の一種かもしれないって言われました」

「ニンフォマニアとは短絡的だな。医者とは思えん」

将彦は皮肉っぽい笑いを漏らす。

「カグツチとは……本当に、なんなのでしょうね」

「それは俺にもわからんさ」

将彦の言葉は、奏には少し意外だった。古くからカグツチを保護している古城家の当主である彼ならば、現代の生き神であるというのは言いすぎとしても、もう少し不可思議なものとして捕らえているのではないかと思っていた。

「ただ、昔からお前達を巡って争いが繰り広げられていた。お前の母親が一時期ここからいなくなったのも、それに嫌気がさしたのかもしれんな」

「でも、母は戻ってきたんですよね」

将彦は頷いた。

「結局東京では自分の身を守る事はできない。あんな都会に一人でいるなんて、獣の群れの中に兎を放り込むようなものだ」

母はずいぶんとぼろぼろになって戻ってきたという。

奏は男なのでそういった心配はないが、通常、カグツチはただ男と交わっただけでは孕《はら》む事はない。しかるべき時にしかるべき状況で交合した時のみ、子を成す事ができる。そして塔子は次のカグツチを作るため、つまり奏を身籠《みご》もるための日取りが決まった時に、町から姿を消したのだ。

今となっては、いったいなぜそんな事をしたのか、真意は定かではないが、当時の町はカグツチが逃げ出したと大騒ぎだったらしい。

あの体質は、間違いなく近くの男を引き寄せ、下手をすると殺されてしまう可能性もある。手を尽くして行方を捜し、ようやく見つけて迎えに行くと、彼女は案外と素直に戻ってきた。身体には目立った傷もないようだったが、どこかひどく悄然《しょうぜん》とした様子だったという。

これまで町の中で手厚く保護されてきたのが、突然男達の獣欲に晒されたのだ。無理もない事だと、町の人間はその原因を塔子に深く問いつめる事はしなかった。ただ、その後の彼女には、厳しい監視の目が常について回ったけれども。

そしてそれからほどなくして塔子は立ち直ったように元気を取り戻し、その身の内に受精するための儀式に臨んだ。新月の夜、町の男達から託宣によって選ばれた者と一晩中交わり、奏を身籠る。生んだ後は、三十代半ばにして死んでしまった。

病気や事故ではない。それが寿命だ。

男に蜜と力を与えるカグツチは、総じて短命であり、皆そのくらいの年齢でこの世を去ってしまう。おそらくは、奏とても例外ではないだろう。

その事も子供の頃、母に教えてもらった。それでも死ぬ少し前の母親が、カグツチは特殊で少し不便ではあるけれども、決して不幸な存在ではないと言っていた。そう言った時の鈴を転がすような美しい声が忘れられない。

彼女は、東京で何かを掴んだのだろうか。

「奏」

将彦が自分を呼ぶ声がして、奏は彼を見た。数百年もの間の秘密を預かる家の当主として、彼もまた、様々なものを飲み込んだのかもしれない。少し前まではただ無心に彼を慕うばかりだった奏も、最近ようやっとそれが見えてきた。遅すぎる。

「塔子をうらやましいと思うか」

母の記憶はあまりないが、どこかふわふわとした、春の風のような印象があった。こんな事をしている割りにはちっとも汚れた感じのしない人だったような気がする。行為に慣れ切って後ろ暗い自分とは正反対だ。

だが、そんな母をうらやんだ事があっただろうか。奏にはわからない。

「俺は、ただ、ずっと将彦さんと一緒にいられたら、それでいいんです」

「奏……」

「カグツチがどうとか、俺には難しい事はわかりません。ただ、こんなふうに生まれてきてしまったのなら、何かしら理由があるはずです。俺じゃなくても、他の人でも。……でも、それがわかるのは普通の人でも多分そんなにはいない」

決して広い世界で生きてきたわけではないが、人の世界というものは、この小さな町も、あるいは大都会でも、それほど変わりはないだろうと奏は漠然《ばくぜん》と感じていた。

皆、自分が生まれてきた意味など知らずに、そしてそれを知ろうともせずに、ただ生きていくだけで精一杯だ。自分を抱いて、何某《なにがし》かの利益を得ようとする男達を何人も見ているうちに、奏はそんな事を思うようになっていた。

「母さんはきっと、それを確かめに行ったんです。そして、確かめられたから戻ってきた」

「それは、塔子から聞いた言葉か？」

「いいえ。俺の想像ですけど」

血の繋がりというよりは、むしろ同じカグツチ同士として、塔子と奏はわかり合っていたと思う。一緒にいた時間は、あまりにも短かったが。

「……そうか」

将彦の声を聞いたところで、奏の頭の中に、ふとある考えが浮かんだ。

母は、自分だけの鶺鴒を探しに行ったのではないだろうか。

それはしきたりと血筋に捕らわれる事のない、自分が愛する事のできる男、という意味だろう。

自分に欲情しない男。だが、自分は欲情してしまう男。

求められるよりも、求めてみたい。そんな衝動が、カグツチを鶺鴒に引きよせてしまう。

それは奏が身をもって知っている事だった。

――あの人は、俺に何をもたらしに来たんだろうか。

もう一度会ってみたいと思った。

だが、会えばおそらく抱かれたくなる。それはなぜか、将彦を裏切る事のように感じられて気が引けた。

あんなに多くの男に抱かれているのに、今さら操《みさお》立てもないだろうと、奏は口元を微かに引き上げて微笑む。

奏はその晩、結局、都築の事を将彦に話すことはなかった。

奏の家、正確には古城家は、このあたり一帯の土地を持ち、ビルや店舗管理などの不動産業を行っている。だが本業は古くから続く和漢生薬を扱う薬屋で、古くは町の住民達の健康管理を担っていた。同じく古くからの医師の家系である木嶋の病院と縁が深いのもその関係だ。

山に囲まれた町の、見晴らしがいい高台にその落ち着いた佇まいはある。古い大きな日本家屋は大事に使われ、時を今に伝えている。

その二階から見る町の景色が、奏はけっこう気に入っていた。

陽が沈む時に、遠くの山の稜線が一瞬金色に光り、そこから赤々と炎のように燃えていく。こんな風景を、母や、その前のカグツチ達も見ていたのだろうか。少し寂しくて、どこか懐かしい気持ちになる。

奏は毎日を、将彦の仕事の手伝いをしながら過ごしている。その間に蜜取りの儀を行い、男達に抱かれながら、彼らに不思議な力を与え、自らもまた満足を得る。そんな事をもうずっと続けていた。

穏やかなようで、その実は狂っている日々なのかもしれない。けれど奏はそれ以外の生き方を知らなかった。他の、もっと違った可能性があるという事は、将彦でさえも教えてはくれない。

奏が自室のある二階から降りていくと、客が帰っていくところに出くわした。見た事のある顔だと思っていたら、先日の儀式で奏を抱いた、外から来た男だった。確か、名を半田といったか。

「本当に、カグツチ様には感謝してもし切れません。今回の選挙に勝てたのは、カグツチ様のおかげですよ」

「そうですか。奏も力を貸した甲斐《かい》があったというものです」

将彦の声にまるで感情がこもっていないのを聞いて、奏は思わず失笑しそうになった。本来、古城家はカグツチに対するお礼参りを受け付けていない。だが、奏の力がその効力を発したと思われた時、こうして来てしまう事も多い。木嶋が窓口になっているにもかかわらずだ。

「それであの……、ぜひともカグツチ様にですね。今後も力を貸していただきたいと……」

「申し訳ありませんが、それはできません。外の方にカグツチが力を貸すのは、一度だけです」

「そこをなんとか。謝礼の方もですね、できる限り……」

「何度おっしゃっても無理です。これは古くからの取り決めです。これを破っては、奏の身が危険に晒される可能性がある」

「………」

これ以上ないほどにきっぱりと断られ、半田はすごすごと帰っていった。

元々はこの町の中だけで敬《うやま》われていたカグツチだ。それが時代の波には逆らえず、噂を聞きつけた外の人間にも『貸し出される』事にはなったが、それには厳しい制限をつけていた。

代議士になったという半田は、まだ若そうに見えた。上昇志向が強いのだろう。それに、カグツチの利益云々《うんぬん》を抜きにしても、奏の肉体に入れ込んでしまう場合も多いと聞いた。というか、むしろそちらが問題なのだろう。

「将彦さん」

階段の陰から奏が姿を現すと、将彦は気づいていたのか、当たり前のように奏の方を向いた。

「最近はああいう輩《やから》が増えたたな」

苦々しい口調で将彦が言う。

「でも木嶋先生のところで、ちゃんと選んでいるんですよね」

「そのはずだがな……。どうもここのところ、あやしいものだ」

蜜取りの儀に外部の者を参加させる窓口は、木嶋が担当している。だが、先代の病院長の時には人となりや秘密を守れるかなどを厳しく見極めていたが、つい先頃に木嶋の代になってから、どうもそのあたりがうやむやになっているような気がすると、将彦は言った。

「そのうち、木嶋さんとはちゃんと話をしないといかんかもしれん」

「……」

遙か昔から、男達のあらゆる欲望の的となっていたカグツチ。それが現代の光の下に晒される事になれば、自分はどうなってしまうのだろう。それを想像すると、少し背筋が寒くなった。

「心配するな。お前がつらい目に遭《あ》うような事には、絶対にさせない」

頭を抱き寄せられ、奏は広い胸に顔を埋める。

将彦は鶺鴒だ。いくら慣れたとはいえ、これだけの距離で密着されれば、身体の奥にちり、と火種が灯《とも》る。ましてや、抱きしめられて口づけられては。

「……ん……」

熱い舌が口腔《こうこう》に滑り込んで、感じやすい粘膜を舐める。うっとりとそれを味わい、何度も唇を吸い上げながら離すと、甘いため息が漏れた。

「将彦さん……、こんなキスされたら…」

「疼くか？」

頬を染めながら頷くと、彼がふっと笑ったような気配がした。

「まだ陽が高いが、仕方がないな」

肩を抱かれ、家の奥へと促される。この欲求がカグツチである由縁なのか、それとも自分の思慕によるものなのか。いざこの場面になってしまうと、奏はいつも区別がつかなくなってしまうのだった。

その日は空が青く、この地域にしてはカラッとした風が吹いていて心地よかった。奏は存分に陽の光を浴び、庭の草木にホースで水を撒《ま》いていた。コットンのシャツの中に風を孕んで、時折それがめくれ上がる。ホースの水が飛沫となって、時折こちらに降りかかってきた。

「ごめんください」

その時、門の外から声がかかって、奏は慌てて水を止める。

「すみません。水かかったりしませんでしたか？」

門扉《もんぴ》の側まで行き、来訪者の顔を見た時、思わず息を呑んだ。

「おっ、あんたか」

「あなたは……」

忘れるはずもなかった。先日、奏を助けてここまで送ってくれた男だ。確か、名を都築と言った。

「体調はもう平気か？」

「ええ、少し暑さにやられただけなので……」

あの後に、都築の側にいた事によって反応した身体を一人で慰めた事を思い出し、奏は少し顔を赤らめた。

「そうか。今日は、古城さんに会いに来たんだが」

「義父にですか？」

「ああ。話を聞きたいと思ってな。この町の」

確かに、旧家である古城家なら、この町の歴史の表も裏も知っているだろう。だが、なぜわざわざそんな事を聞きに来たのだろうか。奏が不審そうな顔をしたのか、都築は人好きのする笑みを浮かべてみせた。

「この町の歴史に興味がある。色々とおもしろい事がありそうだ」

「…………」

ざわりと、空気がさざめく。

この人は、何かを暴きにやってきたのだろうか。これまで静かに暮らしていた奏の日々を、水面に手を突っ込むようにしてかき回すつもりでいるのか。奏はそれまで戸惑いはあれど、都築に比較的、好意的な関心を持っていた。だがその背中にひやりと冷たいものが走る。それは不安によく似ていた。

「――――その人を、家の中に通してあげなさい、奏」

「将彦さ……、義父さん」

ふいに後ろからかかった声に振り向くと、将彦が玄関に立ち、こちらを見ていた。

「……どうぞ」

門を開け、奏は都築を招き入れる。将彦は都築から連絡を受けていたらしい。だが、奏はあの日彼に家まで送ってもらった事を将彦に告げていない。直感的に彼が鶺鴒だと感じたものの、いざ報告するとなると迷いもある。

都築の後に続いて玄関に入ると、将彦はちらりと奏を見て言った。

「都築さんとはこの間会っているそうだな」

「あっ……、すみません、言っていなくて……」

咎《とが》められると思い、奏はそっと将彦を上目で見た。本人の前だからかもしれないが、特に怒っているような様子は感じられない。

「別にいい。無事だったんだな？」

「はい」

他の男に襲われはしなかったか、と聞かれたのだと思い、奏はきっぱりと返事をした。ついでに言えば、都築とも寝てはいない。それは信じてほしかった。

「わかった」

将彦はそれで了承したように頷くと、都築を家の中に案内した。自分達のやりとりを聞いていた都築は、少し不思議そうに首を傾げている。無理もないだろう。何も事情を知らない者からすれば、成人した男にはいささか過保護な状況だ。

「ああ、奏は少し、身体が弱くてね」

「そうですか」

道ばたでうずくまっていた奏を助けた事もあってか、都築は一応はそれで納得したようだった。

二人が応接間の方に行ったので、奏はお茶の支度をするべく台所へと行く。冷蔵庫にある作り置きの冷茶とおしぼりを盆にのせて部屋に入ると、二人は卓を挟んで向き合っていた。

「どうぞ」

「ありがとう」

都築の前に冷茶を置くと、彼は奏に微笑みかけた。その男らしい笑みに、不意打ちのようにどきりとさせられる。

将彦の前だというのに、と自戒《じかい》して、奏は慌てて立ち上がった。俯《うつむ》きがちに将彦の前にも茶を置くと、そそくさとその場を立ち去る。二人がどんな話をしているのか興味がないわけでもなかったが、また身体が反応してしまったら大変だ。

「――実は、この町の事に以前から興味を持っていましてね」

「ほう。こんな小さくて地味な町に、どうしてまた」

「昔のちょっとした知り合いが、この町の出身だったんです」

会話の断片が聞こえてきて、奏の後ろ髪を引く。だが立ち聞きなど不作法な事は気が咎め

る。退室する足が一瞬鈍りかけた時、あきらかにこちらに向けられた都築の声が聞こえた。

「一緒に話をするかい？」

「――」

戸口で振り返ると、都築が奏を真っ直ぐに見つめ、意味ありげな笑みを浮かべている。戸惑いつつも将彦の方を見ると、彼はゆっくりと首を左右に振った。

「……いえ。失礼します」

軽く会釈《えしゃく》して、今度こそ奏は部屋を出ていく。自分の部屋に戻っても、しばらくは妙な不安と胸の高鳴りが同居して、奏は落ち着かない時を過ごした。

グチュ、と音がして、後孔から男の指が出ていく感触がした。奏は尻を震わせながら、訪れた喪失感に鳴く。布団に這わせられた姿勢で、さっきまでさんざんにそこを舐められ、指で嬲られて、内部の媚肉は快感にわなないて収縮していた。

「あ、あっ…、んんっ」

「こんなにヒクヒクさせて。悩ましいな」

犯すものがなくなった内部が身悶えし、ひっきりなしに入り口が閉じたり開いたりしている。そこにそっと息を吹きかけられ、奏は飢餓感に喘いだ。そこに、もっと太いものを入れて、内壁を擦って突き上げてほしい。

「は、あ…っ、早…くっ」

いつもの蜜取りの儀なのに、奏は普段よりも興奮し、貪欲になっている自分を感じていた。季節的なものだろうか。確かに寒い時期よりも、夏の方が欲求が活発になる傾向がある。だが、今日の欲情はそれとは違うような気がしていた。何か、身体の奥底からくるものがある。この熱さを、誰かに食らってほしかった。

「ふあ、あぁ…んっ」

広げられた双丘の奥を意地悪く焦らされ、奏は喘いでしまう。

「…れて…、入れてっ…、意地悪しないで、くださ…っ」

はしたなく腰を揺らすと、背後にいる男達が息を荒げる気配がした。

「よしよし。今日のカグツチ様は積極的だな」

背後でブゥーン、と機械のうなり声がする。はっとして振り返ろうとすると、異物が入り口に触れる感触がした。そこから甘い痺れが弾けて、もうどうにもならなくなる。

「あ、あああ、はぁ…んんっ」

振動する玩具が、その形と大きさを思い知らせるようにゆっくりと中に入ってきた。蜜取りでは、奏の身体を傷つけない限り、道具の使用も認められているのだ。

「どうだ？　気持ちいいか？」

「う、あ…あぁっ、気持ち…、きもちいい…っ！」

上体を支えられず、とうとう両肘ががくりと折れてしまう。尻だけを高く突き上げる姿勢になってしまった奏は、敷布をひっかくようにたぐり寄せながらその快感を味わった。ひっきりなしに震えるそれが内壁を舐め上げ、襞《ひだ》の隅々までも犯してくる。

先端部分が内部で動き、卑猥な動きで媚肉を刺激されると、身体の芯が自分の意志とは関係なしに膨れ上がってくる感覚がする。

「あっ、あっ！　も、も…イくっ、出るっ…！」

奏は最初の時から、達する時にはそれを口にするように躾けられている。蜜を無駄にしないためだ。

「おっと、もう少し我慢していてくださいよ」

「んんんっ！」

根元を指できゅうっと締めつけられると、体内の熱が出口を失う。せき止められるのは本当につらいのだが、我慢がある一定を越えると、奏の身体はそれすらも快感として認識してしまうのだ。

「ああふううっ！」

振動する淫具の先端が、最も弱い場所をぐりぐりと抉ってくる。全身から汗が噴き出し、下半身が勝手にがくがくと震えた。

「あっ――――はあっ、あっ、そ…そこ、や…っ、そこ、んぁ、あっ…！」

口の端から伝った唾液が、敷布を濡らす。電動音と一緒に、秘部から途方もなく卑猥な音が聞こえてきて、そこが蕩け切り、濡れているのがわかる。

「ああっ、恥ずかし…っ」

そんなふうに口に出すことで、自分がますます興奮してしまう事を奏は知っている。本当にどこまでもこの身体は獣だ。その証拠に、淫具に酷なほどに責められて痙攣する媚肉が、そこだけで極みを得ようとしている。

「ああ、んあ————！　そ、んなに、されたら、いっ、ぃぃ…あっ…！」

きつく閉じた瞼の裏に閃光《せんこう》が走った。快感が大きすぎて、自分の肉体なのにコントロールできない。

「後ろだけで達してしまったか」

「さすが奏さんは淫らだな。どれ、もっと悦ばせてあげよう」

射精なしで絶頂に放り上げられてしまい、ひっきりなしに収縮している内壁を、淫具が小刻みに擦っていく。

「ああっ！　あっあっ、い、イったばかりっ…なのにっ…」

だが、射精を許されていない股間のものは、相変わらずきつく縛められたまま、屹立して切なげに震えている。先端から零れる愛液を指先でそっと拭われ、その感触すらも耐え難いほどに快感神経が研ぎ澄まされていた。

「ひ、あ…っ、あん、あぁ…っ」

どこかから伸びてきた手に尻を揉まれ、乳首を摘まれては転がされる。今や身体中が快感を訴えていた。

「ああ…っ、お願、お願い…もぉ…っ」

玩具ではなく、血の通ったものを入れてほしい。そして、このもどかしい感覚から解放してほしい。

奏が誘うように腰を振りながら訴えると、後孔の淫具はそのままに、仰向けに横たえられた。

「あっ…」

「まずはイかせてあげましょうか。蜜もずいぶんと甘くなっているだろうね」

両手を敷布に押さえつけられ、両脚も男達の手にがっちりと掴まれ固定される。入ったままの淫具が再びうなりを上げて出し入れされ、奏はあられもない声を上げて仰け反った。

「あっあっあぁあっ」

「本当に、いやらしい肉だ」

敷布から浮き上がった上体の、胸の上で尖る突起に、左右から違う男が舌を絡めてくる。びりびりと過敏になっているところへそんなふうにされ、ひい、と喉が鳴った。

「あーっ、だ…だめっ…！　はっ、早く、はやく出させ…てっ…」

根元をきつく締められ、真っ赤に充血した奏の性器を、男の手が愛おしげに撫でさすっている。そのたびに死にそうになりながら、奏は何度も許しを請うた。

「では、たっぷり出してくださいね」

男は喰いしめる指を緩めないまま、奏の股間に横から顔を埋めてくる。その口の中に包まれて、ゆっくりと舌を絡められた時、肉体の奥から焼けつくような快感が全身に広がっていった。

「ふあ、あ、あ――――…！」

欲しくてたまらなかった刺激。手足の指の先までもが、甘い痺れに犯されて震える。

「ああ、舐め、なめてっ、もっと、きもちいいの、して…っ！」

啜り泣きながら卑猥な言葉を口走ると、鋭敏な先端部分を尖らせた舌先で何度も舐め上げられる。足の付け根が痙攣し、また射精なしの絶頂に肉体を貫かれた。

「ひ、くぅっ、んんんんっ…！」

身体の中が灼ける。そう思った時、腰の奥から熱いものが一気にこみ上げてきた。男が根元を握っていた指を解いたのだ。

「あっ、あっ、あ――――…っ！」

後ろを突かれる刺激と相まって、凄まじい極みが奏を襲う。これまで我慢させられた分の蜜液を男の口の中に吐き出し、恥知らずに腰を振った。

男は注がれる奏のものを喉を鳴らして飲み干し、最後の一滴まで出させようと蜜口を舌先でくじってくる。そうされると奏はたまったものではなくて、まだ後孔いっぱいに入れられている淫具をきゅうきゅうと締めつけてしまう。

「あんっ…んっ、ま、また、イきそ…っ」

「奏さんはこの玩具が気に入ったみたいだね。こんなに奥まで頬張って」

強烈な振動は相変わらず媚肉をかき回している。奏は音《ね》を上げて、男に哀願した。

「も、もう少し弱く…してっ…」

「ん？　何かな？」

中でくねくねと動く先端が、弱い内壁をぐりぐりとこね回す。そうすると前方の性器にまで刺激がいってしまい、吐き出したにもかかわらずまたすぐに勃ち上がるのだ。

「そ、それ、キツイ…からっ…、もっと、弱いのにしてくださ…っ」

「そうか。じゃあもう少しこのままで可愛がってあげよう」

「ああ…っ」

無慈悲に却下され、失望のため息が奏の唇から漏れる。その間も、震える屹立には男の舌が絡みついていた。

身体が熱くて痺れる。頭の中がぼうっとして、何も考えられない。

永久にも思える男達の甘い責め苦に泣きながら、奏はその快美感に翻弄され、酔いしれた。

どのくらい時間が経ったのだろうか。さんざん精を吸われ、極みを味わわされて、奏はぐったりと褥《しとね》の上に横たわっていた。

「んう、うっ…」

ぬぷ、と後ろから淫具が抜かれる。貪婪な媚肉は、まだそこを犯すものを放したがならしく、物足りなさそうにひくひくと蠢いていた。

「そろそろ本物を入れてやろう」

脚の間にいる男が入れ替わり、別の男が奏を組み敷いてくる。その股間にあるものは猛々しく隆起し、今にも奏を貫かんとそびえたっていた。

「さあ、俺のものをしっかりと咥え込んでくれよ」

男の凶器の先端が、蕩けて柔らかくなった秘部の入り口に当てられる。少し力を入れて腰を進めただけで、そこは簡単に男の太く張り出した部分を呑み込んでいった。

「は、う…、うんっ！」

肉環を中から押し広げられる時の感覚は、何度されても鳥肌が立つほどに気持ちいい。

「そうら、入っていく…。ああ、もう絡みついてきた。気持ちいいよ」

「あ、ふ…うっ」

肉の棒が半ばまで体内に侵入してくると、どくどくと脈動が伝わってくる。生々しいその感覚に、思わず背中を浮かせて身悶えた。玩具は強制的に奏に快楽を与え狂わせるが、生の男根は熱を持った肉の感触が、征服される被虐《ひぎゃく》的な感覚を強いてくる。

そしてやはり、カグツチは男に抱かれなければだめなのだと、理屈抜きで思い知らされる気分だった。

――あの人は、どんなふうに自分を抱くのだろう。

唐突に脳裏に浮かんできた男の顔に、奏は自分でも戸惑った。

ある日、奏の前に突然現れた男。

それまで奏の世界には将彦しか存在していなかったのに、彼が現れた日から、まるで映像が突然差し込まれるように、意識の中にあの男の存在が割り込んできた。

彼は――都築は、いったい自分にとってなんなのだろう。

そう思っただけで、奏は自分の身体が総毛立つように感じ始めるのに気づいた。

「や、あぁっ…んっ！」

今日の男の持ち物は攻撃的で、さんざん嬲られた奏の内部を容赦なくかき回していく。何度も絶頂を得るほどに感じさせられた後では、その行為はとても我慢できる事ではなかった。

そもそも奏は、達するたびに敏感になってしまうというのに。

「あはっ、あっ、はあうっ、うっ…！」

ちゅ、ぐちゅ、と突き上げられるごとにはしたない音が繋ぎ目から漏れる。その脚の間はまた勃ち上がり、蜜を滴らせて下腹を濡らしていた。

「あ、あう…、す、ごい、かたいっ…」

男のものはまるで灼けた鉄棒のようだった。獣のようなうなり声を上げながら、強い動きで奏を犯している。一突きごとに脳天まで快感が走り抜け、奏は身体中を真っ赤に火照らせながら喘いでいた。

「やあっ、あっ、あ、イくっ…！」

ぶるぶると下肢を震わせ、奏は何度目かの極みを迎える。男のものを強く締め上げると、低い呻きと共に奥深くに奔流《ほんりゅう》が弾けた。

「あ、うあっ…！」

注がれる感覚に、びくんびくんと身体が痙攣する。強烈すぎる余韻を味わっている途中で、奏はぎくりとして目を見開いた。内部の男根が、少しも萎えていない。

すぐにまた脚を抱えられて突き上げられ、奏は悲鳴を上げた。カグツチの肉体の甘美さから、二度三度と挑んでくる男もめずらしくはない。ただこの男は過去に何度か相手をした事があるが、そういうタイプではなかったので、少し驚いた。

「あっ、またっ…、あぁあっ！」

「うぉ、お…っ」

男が激しく己をねじ込んでくる。最奥まで突き上げられて、奏の息が止まりそうになった。少し待ってくれと訴えても、まるで聞こえていないように腰を振り続ける。

「お、おい、吉田《よしだ》さん」

周りにいる男が、その異常さに気づいたのか、男の名を呼んでその肩に手をかけた。

「――――っ！」

次の瞬間に、奏は喉に凄まじい圧迫感を覚える。それと同時にあたりが一気にざわついたが、その様子を観察している事は奏にはできなかった。

男の両手が、奏の細い喉にかかり、それを手折《たお》らんばかりにぎりぎりと締め上げてくる。

「あっ、かっ、はっ…！」

呼吸が困難になり、視界に闇が降りたようにトーンが暗くなった。

「吉田さん！　よすんだ！」

「カグツチ様にそれはいかん！　手を離せ！」

吉田という名の男は、突然何かのスイッチが入ってしまったように凶行に及んだ。男達が数人がかりで手を離させようと苦心して、やっと柔らかな首に食い込んだ指が離れる。

呼吸が一気に解放され、大量に流れ込んできた空気に、奏は激しく咳き込んで身体を折った。体内の奥深くに挿入された男のものが抜ける。それはいまだに、荒々しいほどの隆起を見せていた。

「奏さん！　大丈夫か！」

どんなに執拗に犯したとしても、カグツチに対する暴力は許されない。それは奏が、この町における生き神であり、男達の欲望の象徴でもあるからだ。

大丈夫、と言おうとしても、まだ呼吸が収まる気配がない。苦しい。首を絞められていた時よりも、今の方がよっぽど苦しかった。

奏によって、理性を失い、獣のような衝動に支配されてしまった男。

自分はそれだけの事をしでかしてしまったのだ。

「将彦さんを呼べ！」

男達が慌てふためく声が、どこか遠くから聞こえる。ようやく楽になり始めた呼吸と引き替えのようにして、奏は意識を失った。

気づいた時、目に入ったのは自分の部屋の天井だった。

寝間着を着せられてベッドに横たわっている事に気づいた奏は、反射的に自分の喉元に手を当てる。ピリッ、とした痛みが走ったのは、おそらくあの男の爪が皮膚に食い込んでいたところだろう。鏡を見て確認する気にもなれず、大きなため息をついた。すると、目覚めるのを見計らったようなタイミングで、階下から階段を昇ってくる音がする。次第に大きくなってきたそれは部屋の側近くで止まり、次に扉が静かに開いた。

「起きていたのか」

「今、目が覚めました」

将彦が奏の横たわるベッドの端に腰を下ろす。頭を軽く撫でた後、指先がそっと首筋をなぞっていった。

「痛むか」

「筋を痛めたりはしていないようです。……もしかして、木嶋先生に?」

「ああ、往診に来てもらった」

「そうですか……」

あの木嶋に、男に抱かれたばかりの身体を診察されたという事に少しばかり抵抗を覚えたが、意識を失っていたのだから致し方ない。

「あの人は、どうなったんですか」

「木嶋さんが鎮静剤を打って病院に連れていった。まあ、たいした事にはならないだろう。ここにはもう出入り禁止だが」

「たしか、国家試験を控えているって……」

彼はそのための力を得るために、奏を抱きに来たのだ。勤めていた会社が倒産し、家族を養うために一念発起して、一級建築士の資格を得るために預金で勉強を続けていたと聞いている。

「仕方ない。彼はカグツチに――――、お前に危害をくわえた。二度と触れさせる事はできない」

「でも……」

「外の世界では、カグツチに頼らないのが普通だ。皆自分の力だけで生きている。だからお前の力を借りられずに失敗したとしても、お前が気に病む事はまったくない」

将彦の言う事は正論だった。

だが、それは順番が違っているのではないだろうか。

皆がカグツチの力を借りたくて奏を抱くわけではない。カグツチが男に抱かれずにいられないから、その代償として力を貸しているのだと。

本当のところは、奏自身にもわからない。だがこんな事が起きるたびに、奏は自分の存在が、何かひどく禍々《まがまが》しいもののように思えて仕方がないのだ。

「いいな。奏」

「……はい」

将彦の瞳に、強い光が見えた。それは彼が憤《いきどお》っている証拠だ。奏が誰かに危害をくわえられたことを将彦が怒っている。それを嬉しいと思う浅ましい気持ちと、自分のために一人の男の人生が狂ってしまうのではないかという恐れがせめぎ合う。

彼が今日、奏に危害をくわえたのは、奏の中から過剰にあふれ出ていた気に反応してしまったからだろう。カグツチが強い衝動を堪《こら》えていると、それが波長の合った男に伝染するように伝わってしまう事がある。そういった男は凶暴な本能に突き動かされ、性欲の対象である奏を破壊したいという欲求に駆られるらしい。

そして問題は、奏が男を暴走させてしまうほどに、欲求をため込んでいたのかという事だ。

「最近、我慢していたのか」

「――――」

奏は一瞬、言葉に詰まった。

心当たりは、ないわけではない。というより、ひとつしか思いつかない。

だが、あの時は自分で処理をした。それ以降、特に我慢しているという自覚はない。しかしそれでも、肉体のどこかであの男を求めているとしたらどうだろう。

「そんなことは……ないはずです」

将彦から目を逸《そ》らし、締め上げられた首元に手を当てて奏は呟いた。

求める肉体と、心は違う。

自分がたとえ将彦を思っていても、奏の身体は勝手に他の男にも反応するし、もうそれをつらいとは思わない。思っても、どうにもならない事だからだ。

けれど今、奏は将彦に対して後ろめたい感情を抱いている。それはあの男の、都築の存在が頭の片隅から離れないからだろうか。今日の蜜取りで、肉体は満足を得ていたが、気持ちの方はどうだろう。このままでは、また今日と同じ事を繰り返してしまうのではないだろうか。

「ないのならいいが」

将彦の手が、奏の額にそっと触れた。

この人はどういうつもりで自分を抱いているのだろう。古城家の当主として、そして鶺鴒として、奏の肉体を管理しているだけなのだろうか。奏はこれまで、それを切ないと思いこそすれ、実際に疑問に思った事はなかった。いっそ、彼がどんな事を思っていようが構わないとさえ悟った振りをしていた。

どうしてこんな事を考えるようになったのだろう。

そのすべてのきっかけとなるものを、奏は知っていた。彼と出会ってからだ。

――いっそあの男に抱かれてしまえば、何かがわかるのかもしれない。

そこまで思い至って、奏は思わず自嘲《じちょう》しそうになる。

彼は多分、鶺鴒だ。他の男と違い、無条件で奏に欲情するわけではない。

同じ鶺鴒である男達に抱かれれば、その行為に心があるのかないのか、その違いがわかるのではないかと思ったが、自分など、きっとその程度のものなのだろう。この不思議な力がなければ、さして他者に必要とされるわけでもない。生き神などと持ち上げられ、いい気になっていると今日のような目に遭うのだ。

どうしようもなく独りだ、と奏は思う。

なぜこんな体質を持って生まれてきてしまったのだろう。どうして自分なのだろう。

無意識に目を背け続けていた事柄を思い知らされて、自分の立っている足場がひどく不安定なもののように感じる。無性に心細くてたまらなかった。

「将彦さん」

奏は将彦の袖を引き、抱擁《ほうよう》を求めた。

せめて彼だけは、自分を必要としてほしい。それは贅沢《ぜいたく》な事なのだろうか。

包み込まれるぬくもりに、身体の奥からじりじりと欲望が疼き出すのを自覚しながら、奏は震える腕で彼の背を抱きしめた。

「――――いや、違うな」

「え？」

将彦はゆっくりと奏の肩を掴み、深い瞳で覗き込んできた。何もかも暴かれてしまいそうな視線に、思わず動けなくなる。

「何を隠している、奏」

「……っ」

確信を秘めた声に、心臓がどくんと高鳴った。

「言えないのか？」

将彦の舌が、首筋の小さな傷をそっと舐め上げる。それだけで、腰骨全体がじん、と痺れてしまうような感覚が走った。

「や、あ、やだ…、将彦さ…」

慣れたといっても、鶺鴒である将彦に抱きしめられ、触れられたらたまらなくなってしまう。背中がぞくぞくと震えだして、身体の力が一気に抜けていった。

「うん、あぅんっ…」

唇を塞がれ、無遠慮な舌が一気に、容赦ない優しさで這入《はい》り込んでくる。搦《から》め捕《と》られた舌を卑猥に吸われて、閉じた瞼の裏にチカチカと光が瞬いた。口づけだけで身体中の色んなところが硬くなり、尖ってくる感覚がする。

口を合わせたままで将彦が上掛けを剥《は》いで、奏の上に覆い被さってきた。触れた肌に一気に火が灯って、神経が何倍にも鋭くなる。

「んっ、んっ……！」

くちくちと舌を絡ませ合い、透明な唾液が口の端を伝う。蜜取りでは、男のものを口淫すれども、口づけだけはしていない。体液というならそれこそ奏の口腔を口で犯せばいいのに、皆示し合わせたようにそれだけは求めてこないのだ。

奏はそれが、町の男達の、将彦に対する敬意ゆえだという事をなんとなく感じ取っていた。カグツチの秘密を守り、管理する古城家の当主は、やはり『特別』なのだ。

奏の舌から滴る蜜を啜り、浴衣の帯を解くと、将彦がその間からするりと手を滑らせてくる。

「く、ふっ！」

滑らかな胸をまさぐっていた将彦の指先が、勃ち上がった乳首に触れた。

「奏。言わないとここを虐めるぞ？　それとも、そうされたいのか」

「あ、あっあっ！　そ、そ…こっ、だめっ…！」

軽く突かれただけでも、くすぐったさと快感の入り交じった、耐え難い感覚がこみ上げてくる。

「ま、将彦さ…っ、本当は、知ってるんじゃないんですか…っ？　なんで、俺に言わせようと…、ぅあんっ」

先日、都築が訪ねてきた時の奏の様子を見ていた彼は、何かに気づいている様子だった。なのにどうして今になって、こんな事をしてまで奏に言わせようとしているのだろう。

「そう思うなら、どうして俺に教えないんだ」

将彦の口調と愛撫は執拗で、まるで何かに怒っているようだった。こんな彼は今まで見た事がない。鋭敏になった乳首を相変わらずこりこりと揉みしだき、時折きゅうっと強く摘み上げる。そうされると奏はたまらなくなって、高い悲鳴を上げてしまうのだ。

「ひゃ、あっ！」

「答えろ。誰に抱いてもらいたいんだ」

指の腹で撫で回すように刺激され、足の爪先までぶるぶると震える。

「言わないと、ずっとこのままだぞ。乳首だけで何回もイきたいか？」

「あっ、いやっ、や…だっ」

以前に蜜取りで、興が乗った男達に何度も乳首だけで極めさせられ、過ぎる快感にさんざん苦悶させられた事を、将彦は知っているのだ。それもそのはずだ。儀式の後は、そうやって、された事をすべて奏の口から報告させられているのだから。

「や、やめて、お願い、やっ、それっ…！」

時々押し潰すように刺激されると、そこから重たい快感が広がっていって、浮き上がった背がびくびくと蠢く。思わず抵抗しようと将彦の身体を押し返すが、ろくに力の入らない腕ではなんの効果もない。それどころか、抗ったのを咎めるように突起を捻られ、甘い苦痛に悲鳴を上げさせられた。

奏はとうとう泣き出さんばかりに嗚咽《おえつ》を漏らす。

「こ、この間、ここに来た人、ですっ…！」

自分でもなんと答えていいのかわからないが、とにかくこの責め苦から逃れたくて、奏は震える唇を開いた。

「都築高臣か。あの東京から来た」

「……っ」

確信めいた口調で彼は言う。やはりわかっていて、自分に言わせたかったのだ。

「なぜすぐに言わなかった？」

「あっ！」

尖った突起を舌先で転がされ、胸の先に電気が走ったようだった。将彦がちろちろと舌を動かすたびに、腰の奥と直結した官能の芯が疼く。まるで媚薬でも使ったように神経が研ぎ澄まされて、喘ぐ事を止められない。

「だ、だってっ…、あっ、よく、わからなかった、しっ…！」

「奴が俺と同じ鶺鴒だという事が、か？」

愛撫に震える身体が、一瞬強ばる。将彦はそれを見逃さず、脚の間で硬くなり始めたものをやんわりと握った。

「んんんっ！」

すぐにも達してしまいそうな快感が背筋を貫く。だが将彦はすぐに手を離してしまうと、根元からそっとその屹立を撫で上げた。

「わからないはずはないだろう。お前の身体はすぐに反応したはずだ。お前が初めてカグツチとして目覚めた時、俺に反応したように」

「やっ…、やぁ、ああ…うう、じ、焦らさない、でっ…、ま、将彦さんに、されるとっ…」

そもそも、もう聞きたい事は聞いたはずだ。こんなふうに意地悪く責められる理由が見当たらない。

「黙っていたお仕置きだ」

低い声が耳に注がれる。どこか激情を辛抱強く押し隠したような響きに、奏の濡れた目が見開かれる。

「ご…ごめんなさい」

「だめだな」

いっそ優しげに笑みを象《かたど》る唇に怯えて、奏は力の抜けた身体でずり上がるようにして逃れようとした。けれど当然のように肩を掴まれて、また彼の身体の下へと引き込まれてしまう。

「俺のカグツチは、悪い子だ」

「つ！」

窘《たしな》めるような、睦言《むつごと》のような甘い囁き。それをされると奏は無条件で屈服したくなるのだ。

「ここの中を、責めてやろう」

将彦の指の腹が、先端のすでに濡れ始めている蜜口をそっと撫で回す。自分が何をされるのか知った時、奏の背を甘い戦慄が舐め上げた。

「や、嫌だ、それだけは…っ」

「大好きだったろう？　時々蜜取りでもされているな。気持ちがいいって、泣いているじゃないか」

焦げつくような視線と責めるような口調に、奏の胸に小さな悦びのようなものが生まれる。将彦が自分に執着し、彼の中に男達への嫉妬が見え隠れしているのがわかると、必要とされているのではないかと思えるからだ。

たとえ都築の事が気になっていようが、奏が将彦を愛しているのは変わりない。

それをずるい考えだと知りつつも、奏はカグツチの本能と恐怖との間で板挟みになっていた。

「想像するだけで、興奮してくるんだろう？」

身体がバターのように熔け始める。完全に将彦に反応してしまっている肉体は、彼のする事に絶対に逆らえないだろう。

両手首を掴まれて上げられ、浴衣の帯で括《くく》りつけられると、もう完全に逃げられないのだという事を思い知らされる。

奏が本気で嫌がっていない事など、将彦にも当然わかっているのだろう。

「たっぷり可愛がってやる」

いつになく獰猛な匂いを振り撒いて奏の膝を割り開く将彦に、半分は本当に怯えながら、奏は目を閉じて横を向いた。

「はあ、は、あっ、ぁ…うう」

くちゅくちゅという粘膜の立てる音と啜り泣くような声が混ざり合い、普段生活している部屋が異様に淫靡《いんび》な空間へと変わる。

「動くなよ」

「あ、あ…っ、む、無理っ、ふ、くぅうっ…！」

そそり立った股間のものの先端を指でめいっぱい押し開かれ、剥き出しになった小さな孔を綿棒が嬲っていた。最も鋭敏な部分を抉るように刺激されて、さっきから立てた膝頭ががくがくと痙攣している。

股間の根元には黒革の拘束具がはめられ、どんなに感じても吐精できないようになっていた。

自分の体液を他人に与えるという役目を負っているために、射精を禁じられるのは珍しい事ではない。だが、奏の肉体は、いっこうにその行為に慣れるという事ができなかった。

感じているのに我慢させられると、出口を失った悦楽が体内を暴れ回って、よけいに性感が鋭くなってしまう。そして男達は決まってそんな奏に悦び、わざと執拗にその肉体を弄ぶのだ。

「あっ、あっ！　く、くる、また、来ちゃ…ぁあああっ…！」

綿棒の先端が蜜口に少し潜り込んだ時、腰骨が灼けるような快感がこみ上げ、身体が極みを迎えようとした。だがせき止められているせいでそれは果たせず、手足の先までにも愉悦が広がる。

「気持ちいいか？」

「あ、あー…っ、し、痺れっ…、そこ、痺れるっ…！」

「可愛らしい孔がパクパクしているぞ」

心臓の鼓動と連動して、狂おしい疼きがじくじくとそこを苛《さいな》む。先端が愛液でぐっしょりと濡れると、将彦は愛おしそうにそれを舌先で舐め取った。柔らかく熱い感触に、奏は腰を上げてひいひいとむせび泣く。

「はっ…、あっ、あんっ、そ…そこ、感じ、すぎっ…！」

何しろ最も脆い場所に、過激な刺激を与えられているのだ。将彦が綿棒でそこをくじるたびに、脳まで灼けそうな快感が突き上げる。奏は汗で濡れた喉と背を反らし、目尻から喜悦の涙を滴らせていた。

「ふ、ふうっ、ああっそんなにっ…！　そんな…に、ぐりぐりされたらっ…！」

だがこれはまだ前戯の段階なのだ。綿棒は、奏の蜜口のほんの入り口のあたりしか擦っていない。

いずれ、もっと深くにまで入れられてしまうのだろう。そうして、過敏な粘膜をそれこそ容赦なく責められ、かき回されて。それを想像しただけで、またはしたなく濡れた。何もされていない後ろの部分も、期待にヒクついていやらしく収縮している。

「あっ、あっ！　将彦さ…っ、ああっ…！」

そして罰を受けていたはずなのに、奏の身体はいつの間にかそれを受け入れ始める。無体な行為も彼に与えられるのならば、身も心も悦んでしまうのだ。肉体自体は誰に抱かれても反応してしまうが、将彦になら心も望んでしまうのだという事を、彼はわかっているのだろうか。

「……そろそろ中にも欲しいか？」

小さな孔をさんざん悪戯されたところで綿棒が除けられ、今度は細い金属の棒のようなものがそこに宛がわれた。綿棒の一番太い部分と同じ程度の直径だ。それがどんな使われ方をするのか身をもって知っている奏の肌が震え出す。

「あ、そ、…それ、や…、それだけはっ…」

逃げられないとわかっていても、奏は思わず腰をずり上げようとした。

苦痛など感じないと知ってはいても、責め苦にも似た快楽はやはり苦手だ。

だが、奏が息を荒げて哀願しても、将彦が聞いてくれるはずもない。これは罰なのだから。

「いくぞ」

蜜口に、これまでよりも強い圧力がかかる。怖いのに、そんな事だけでも興奮してしまった。

慣らされた尿道口がこじ開けられ、傍若無人《ぼうじゃくぶじん》に快感を与える器具が這入ってくる。

「あ…う…あ、ああ――――！」

悲鳴は細く長く続いた。性器の中心をそれこそ真っ直ぐに貫かれて、内側にきつく丸め込まれた足の指がぶるぶると震える。

異様な快感が背中を駆け抜け、重い愉悦が腰の奥ではちきれそうになった。

「どうだ。きついか」

「…は、あ…うぅっ、あ、いくっ、いくっ…！」

深く入れられるまでに、すでに何回か達してしまったように思う。射精なしでも極められるように躾けられてしまった身体は、すでに絶頂の境が曖昧《あいまい》になってしまっていた。頭の中がくらくらして、何も考えられない。

「は、入って…るだけで、じんじんするっ…、ああ…っ」

棒の先端が変なところに当たっているのか、挿入されているだけで粘膜が激しく疼いた。

将彦はそんな奏を見つめて、ふ、と口元に笑いを浮かべる。呆れているのだろうかと悲しくなった。

「可愛いぞ、奏。――――少し遊んでやろう」

奏の精路に淫具を挿入したままで、将彦は両の指先を朱く色づいた胸の突起に伸ばしてくる。乳首を指先にひっかけて、爪でくすぐるようにして弄ばれた。

「ああんん、ああっ！」

神経がびりびりと敏感になっているような状態で、そんな事をされてはたまらない。だが乳首への愛撫で身悶えると、精路いっぱいに咥え込んだ棒が狭い場所を刺激し、気も狂わんばかりの官能が押し寄せてくる。

「あ、あ…っ、ひ、ぃ、あぅう…つんっ」

それでも、腰を突き上げてよがらずにはいられなかった。従来の淫乱な気質と、被虐を好む素質が混ざり合って、どんな行為も受け入れる。

「気持ち…っ、きもちいい、ああ、あぁあ…っ」

自分で聞いていても耳を塞ぎたくなるほどいやらしい声だった。

「どこが気持ちいいんだ」

「あ、ああ、ぜんぶ、されてるとこ、ぜんぶ…っ」

「それじゃお仕置きにならないな」

意地の悪い指先が、乳首から無防備な脇の下へと移動し、柔らかなそこを責める。脇腹にかけて虐められ、泣きながら何度か達してしまうと、ようやっと彼は放置していた股間のものに手を伸ばした。

「――――ふぁあっ！」

蜜口から突き出ている棒の先端を軽く叩かれただけで、衝撃にも似た快感が身体の中で爆発する。

「こうされるのが好きだったろう？」

「あっ、あ――――…っ、だめ、それ、だ…めぇっ！」

動くとよけいにひどいことになるというのに、ビクビクと跳ねる身体を抑えられない。トントンと軽く叩かれているだけなのに、精路に埋まっている棒の先が当たるところが、暴力のような愉悦を生み出してくるのだ。

「ひ、く…ひぃっ！　し、死んじゃっ…！　ああっ！」

全身に汗を敷きながら、大きすぎる悦楽に必死で耐える奏に構わず、将彦はその棒を奏の精路の中でぐるりと回す。途端に目の前が真っ白になって、強烈な絶頂を迎えさせられる。

「ひう――――！」

それからがまさに仕置きと呼ぶにふさわしかった。放っておかれた間に異物に馴染んだ狭い道は、内部を擦られ、最奥にある官能の核をつつかれて、耐えられないほどに感じてしまう。

「ああっ！　あっあっあっ、それ、や、も…っ、おかしく、なるぅっ…！」

「これはもう嫌か？」

「ふう、うう…っ！　きもちい…っけど、もう、苦し…っ」

「そうか。ならこれはやめてやろう」

あっさりと手が止まり、ほっとしたと同時にふと嫌な予感も覚える。彼は、それほど手ぬるい男ではない。奏をカグツチとして仕立てるために、それは容赦ない手ほどきをしてきたものだ。

その予想通りに両膝を抱えられて持ち上げられ、思わずぎくりとする。けれど抵抗する力は少しも残っていなかった。

「前と後ろから、同時に挟んでやる」

「え、や…あっ！　そんなっ…！」

他の場所への刺激でずっとヒクついていた後孔は、ずぶりと侵入してきた将彦のものをすんなりと受け入れる。張り出した部分に擦られ、喜悦に眉をきつく顰めた。

「はううっ…！」

快感で息が止まるかと思った。まるで重い岩のような快美感の塊を、これまでの行為で身につけた手管《てくだ》でなんとかやり過ごして、奏は無意識に奥まで将彦を受け入れようとする。

だがその切っ先がある部分を突き上げた時、奏は自分の身体が熔けてしまうのではないかと思った。

「あぁんんっ！」

腰から下が痺れ切ってしまい、ただ気持ちいいという感覚だけに支配される。

精路に挿入された棒の先が当たっている部分を、将彦が自分の凶器の先端でも突いてきた。身体の中にある、とめどない快楽を生み出す場所を本当に両方から挟み込まれて、奏は許容量を遙かに超えた快感にどうしていいかわからない。

「やあっ！　あ――あ…っ！　お、おかしくっ…、おかしくなるっ…！」

これまでよりもあられもない声を上げて、奏はほとんど狂乱するように咽《むせ》び泣く。身体の中を暴れ回る快楽が、爆発して今にも自分など四散してしまいそうだった。それは恐怖でもあり、いっそ弾けてしまいたいという暗い期待でもある。

「まだ我慢していろ――」

奏を突き上げ、やや息を乱しながら、将彦が残酷に告げた。

彼はその凶器で痙攣を繰り返す媚肉を好き勝手にかき回し、擦り上げて、自分だけ思う様情欲を吐き出す。奏は将彦が内部に精を迸らせるたびに、その濡らし上げられるような感覚と、思い切り吐き出せることへの妬《ねた》ましさにぶるぶると震えながら細い顎を反らした。

「も、許し…っ、許して、ごめんなさい、ごめんなさいっ…！」

いったい何に対して謝っているのか、正直奏にもわかっていなかった。ものをよくよく考える理性などこの時は消失してしまっていたから、最初に将彦が指摘した、あの男の事を黙っていた事も、今はすっかり忘れてしまっていた。

ただ自分には咎があるからこんなに責められている。

カグツチに最もふさわしい罰を受けて。

「――お前がこの町以外のものに関心を持ったら、それはお前を傷つける事になる。わかったな？」

涙に濡れた頬を撫でられ、こくこくと頷いた。将彦はそれをじっと見つめると、ようやく奏の蜜口に入れられた淫具を引き抜きにかかる。やっと許されるのだ、と思って、安堵のあまり涙があふれる。

「じっとしていろ」

「くっ…ひ…ぃっ、ああっ、ああっ――――！」

ずるり、と中から引き抜かれる感覚は総毛立つほどの快感だった。棒がそこから出ていくと同時に、空いた精路に物凄い勢いで蜜液が押し寄せる。

「よく我慢したな。出していいぞ。――それっ」

「――――！」

この時、奏は自分がどんな声を上げたのかもよくわからなかった。

ただとてつもなく激しく大きな熱の塊が下半身に押し寄せ、それに呑み込まれて、脳髄ごと焼き切れてしまいそうな極みに揺さぶられる。

奏は後孔にまだ将彦を咥え込んだままで何度も腰を揺らした。そのさんざんにいたぶられた蜜口から白い愛液が迸り、自らの下腹や胸元さえも濡らす。町の男達が見たら、もったいないと群がってきそうな光景だった。

「ふ、う…あっあっ、あぁあっ……！　いいっ、いいっ……！」

屈服させられる甘い悦び。自分はこれがなくては、生きていけないのだ。

奏に激しく締めつけられた事によって再び硬度を取り戻した将彦にまた腰を揺らされ、後ろをかき回され、意識が焼き切れそうになる。

それから何度も絶頂を味わわされ、我慢に我慢を重ねた蜜をすっかり出してしまうまで、奏の肉体から快楽が消える事はなかった。

「少し話がしたいんだが」

「――――」

男がやってきたのは、暑くなるだろうという予報があった日の午後だった。玄関先で都築を迎えた奏は、動揺を胸に秘めながら、努めて冷静を装って言う。

「俺に話ですか？　どうして？」

「――そんなに警戒しないでくれよ」

都築が男らしく整った顔に、困ったような笑みを浮かべた。

警戒しないわけがない。彼は奏にとって劇薬ともいえる存在なのだ。それに、外のものに関心を持つなと、先日将彦にきつく仕置きをされている。

「義父から言われているんです。あなたに関わるなと。それに、話ならこの間、義父としたはずじゃないんですか」

「俺はあんたと話したい」

揺るぎない口調で都築は繰り返した。今日の都築は、どこか思いつめているような、妙な切迫感のようなものがある。それが有無を言わせない響きを伴っていて、奏は困惑した。

この男に踏み込まれると、奏は抗い切れなくなってしまう。それは彼が鶺鴒だからだろうか。

奏はちらりと家の奥に視線を投げた。将彦は書斎にいる。

「……義父に、聞いてきます。おそらく許可は出ないと思いますが」

「そうだな。聞いてみてくれ」

都築はあっさりと引き下がった。それを不審に思いながらも、奏は玄関先に男を残し、将彦のいる書斎を訪ねる。

意外にも、彼は許してくれた。まるで都築がやってくるのを、わかっていたような様子だった。

「いいんですか」

だってあんなに自分を責めたのに――と、思わず抗議するような口調になると、将彦は机の向こうで苦笑した。

「俺にも嫉妬《しっと》の感情はある。……が、そんな事はどうでもいい。要は、向こうからやってくる運命からは逃れられないってことさ」

「どういう……意味ですか」

奏には、将彦が言っている事は抽象的すぎてよくわからない。彼の表情から読み取ろうとしても、そこには謎めいた微笑みが浮かんでいるだけだった。

「お前が決めるといい。塔子も自分で決めた。ただ、報告だけはしろ」

それは古城家の当主としての言葉だろうか。

将彦の態度に戸惑いを覚えた奏だったが、話はそれきり打ち切られてしまった。突然放り出されたような感覚に、途端に心許なさを覚える。これは行ってもいいという事だろうか。これまで自分で何かを決めたことなどほとんどないので、雲を掴むような気持ちだったが、将彦はそれ以上奏に何も言う事はなかった。

胸にちらりと不安が湧き上がる。もしかして、彼は奏を管理する事に疲れ、放り出すつもりではないのだろうかとも思ったが、その考えはあまりに恐ろしいものだったので無理矢理否定する。そして同時に、都築に対する興味を抑えられない自分を感じていた。多分、彼についていけば、この緩やかな淀みから解放される。そんな予感が、奏を駆り立ててやまない。

静かに部屋を出ていこうとしたその背に、独り言のような声が聞こえる。

「――来てほしくないとは、思っていたがな」

「どこへ行くんですか」

「こんな暑い日にドライブ、っていうのもなんだがな。ちょっと行ってみたい場所がある」

結局都築に誘われるまま車に乗り込み、奏は助手席で頬杖をついていた。

「家の人は許してくれたんだろ？」

「……ええ」

先ほどの将彦の態度が気になったまま、奏は少しの不安を抱えて座っている。この先に何があるのか知りたくもあり、また同時に戦《おのの》いてもいた。

将彦と都築は、先日何かを話していった。そしてそれがおそらく自分に関わりがあるだろうという事を、奏はなんとなく感じ取っている。

『町の外から来るものは、お前を傷つける』

あの時に将彦が言った言葉だ。昔、母が町から抜け出して、ぼろぼろになって帰ってきたのを見ていたからなのだろう。それがなくとも、奏は自分がこの町以外で生きていけるとは思っていない。昔からの言い伝えによると、厳しく秩序を保っているこの町においてさえも、先日のような暴走する者が出てくる。

奏が外の者から傷つけられるのではない。外の者が奏によって傷つけられるのだ。将彦が仕置きの時に言った言葉は、そういう意味ではないのだろうか。

そんな考えに捕らわれ、しばしぼんやりとしていた奏は、車が何処《どこ》へ向かっているのか気にもとめなかった。

車は市街地を抜け、国道沿いにしばらく走っていた。だがふいに山道に入っていくのに、思わずぎくりと運転席を見る。

その道は――――。

「あんたも知ってるだろう？」

もったいぶるような口振りだったが、奏は直感的に認識した。この男は、町の秘密を知っている。

『町の外から来るものは、お前を傷つける』

将彦の言葉が脳裏に甦《よみがえ》って、奏は彼の真意をなんとなく理解したような気がした。

この男は、暴きに来たのだ。

奏と、そしてこの町を。

「そこに行って、どうするつもりですか」

「言ったろ。俺は知りたいだけだ」

ハンドルを握る男の横顔を睨みつけようとして顔を向けると、真摯《しんし》な色がそこにあって、奏はそれ以上の追求を阻《はば》まれてしまう。

身体の奥にチリ、と灯る熱の気配。

もはや疑うべくもないだろう。こんなふうに密室に二人でいれば、否応なしに肉体が鶺鴒に応え始めた。

車は山道を二十分ほど走ると、朽ちた鳥居のある細い道に入った。二十メートルばかり進んだところで、開けた広場のようなところに出る。あたりには民家も人の気配もなく、時折鳥の声だけが響いていた。

奏自身はこの場所に覚えがない。ここは奏が生まれるずっと前からこんなふうだったらしいから、ここで何かをしたという記憶もない。ただ、教えられた事として知識があるというだけだ。

けれど、奏にはここの空気がわかるのだ。肌で知っている。

ここはカグツチを祭っていた最初の社。

男を欲し、男に与えるという存在が生まれた、聖なる忌まわしき場所。

「ここがどういう場所なのか、知っていて連れてきたんですか」

「もちろんだ」

都築は神妙に頷くと、ドアを開けて外に出た。高台まで来ると風も通るので涼しい。

「俺はジャーナリストだって言ったよな」

「はい。名刺をいただきました」

さあ、どんな切り口から問いつめられるのか――と奏は身構えた。おそらく噂か何かでこの町の事を聞きつけ、おもしろおかしく書き立てるつもりに違いない。これまで外部にカグツチの事が漏れなかったのは、それを利用する側にもやましい気持ちがあったからだ。特に政治などに関わる立場の者の場合、あやしげでいかがわしい儀式に頼っていたとあってはスキャンダルにも等しい。そしてだからこそ、彼らはカグツチの恩恵に与《あずか》る代償として、この秘密が外に漏れる事をあらゆる手段を使って阻止してくれているのだ。

これまでにも、どこからかこの町のことを嗅《か》ぎつけ、調べようとした者はいた。これまではそんな輩が現れるたびに、そういった力のある者が排除してきたのだが、それも時代が進むにつれだんだんと難しくなっているらしい。

情報がすさまじいスピードで流れる現代においては、もはやどんな秘密も隠せないのかもしれない。

そしてそこから飛び出してきたのが、この男というわけなのだろう。

だが、彼はぽつりと呟くように言った。

「人を探していたんだ」

「え?」

「ずっとずっと昔、俺がまだ高校生くらいの時に会った人がこの町の出身だと最近知ったんだ」

「…………」

「この間あんたの家に行ったのは、それを聞くためだった」

「……まさか」

「その人の名前は塔子だ」

「…………」

奏の頭の中で、何かが繋がったような気がした。

「母の……」

そう呟いた時、都築が射貫《いぬ》くような視線で奏を見る。それがまだ熱く火照る身体の芯を撫でていったような気がして、慌てて目を逸らした。

「あなた、誰なんですか。何しにこの町に来たんですか？」

彼の真意を窺《うかが》う事にやや疲労を感じて、奏は降参するように都築にたずねる。すると彼は安心させるような柔らかな笑みを奏に向けた。

「ごめん。この間から、気持ち悪かったろうな」

「そんな事は……」

「あんた達の生活を脅かすような真似はしないつもりだ。ただ、少し話を聞いてほしい。それと、できれば教えてほしい事がある」

「……聞きます」

都築はありがとう、と呟いて、少し考えるような素振りをしてから口を開いた。

都築と奏の母、塔子が出会ったのは、彼がまだ十代の時だった。

彼の家は裕福ではあったが、夫婦間の折り合いは悪かった。社長令嬢であった母親のところに、政略結婚のようにして父親が養子に来た。都築の母親には元々の恋人がいて、父親と結婚しても当然のようにその関係を続けていたらしい。そして、彼の父もそれを容認した。事業にしか関心のない男だった。

そんな環境で都築は生まれた。

「すでに一人兄がいたから、俺は保険のようなものだった」

衣食住は不自由なく与えられても、周りからの絶対的な関心が違う。少年期の都築は、ただ機械的に生きているだけだった。砂を噛むような味気ない毎日。

「今思えば青臭い感傷ってやつだったかもしれん。それでも、あの時の俺にはその世界がすべてだった。思春期のガキなんて、大抵そんなもんだろう？」

同意を求められはしたが、奏には答える事ができなかった。

自分はそういった『大抵』の思春期時代を、過ごす事ができなかった。そして都築は奏が答えられないのをわかっていたかのように話を続ける。

「だから俺は家を離れたくて、遠隔地の学校に進学した。あそこにずっといるくらいなら、一人で生活した方がずっとマシだったからな」

実際、それは最初はかなり快適だった。乾いた家の中の空気を感じずにすむからだ。それでも一年、二年と経つうちに、やはりどうしようもない虚無感が都築を取り囲む。

「結局、俺は逃げてただけだったんだな。誰も見てくれないなんて拗《す》ねてたガキだった。成長して、やっとそれがわかった。でもわかったとしても、てめえの心の中なんてどうにもできない。まあ当時は色々とバカもやった。それでも退学になってあそこに戻りたくはなかったから、表面上は優等生でな」

都築は淡々と語ってはいたが、その眼差《まなざ》しの奥には砂のような乾きがあった。いったいどんな感情で満たしてやれば、その乾きは治まるのだろう。

「そんな時だ。塔子に出会ったのは」

夏期休暇に入ってクラブで朝まで過ごした帰り、しつこく絡みついてくる女の手を振りほどいて、気怠い足取りで歩いていた。そしてアパートがある裏通りの路地の陰に、彼女はいたのだ。

「明らかに乱暴された感じで、ぐったりと壁に寄りかかっていた。俺は慌てて駆け寄って声をかけたんだが――、正直面倒な事になると思ったよ。なのになんで、素通りできなかったんだろうな」

呼びかけに応えるように塔子が目を開けて都築を見た時、彼女はしばし彼を見つめ、それから泣きそうな顔で、震えながらしがみついてきた。都築はそれを、暴行された女が助けられた時の、恐怖と安堵から来る反応だと思い込んでいたらしい。

これまで、奏は都築の事を、自分とはまったく違う世界から来た、異なる種類の人間だと思っていた。けれどここまで話を聞いて、彼の中に自分と同じような異質を感じる事に気づく。周囲に馴染めず、自分だけ立っているところが違うという隔離感のようなもの。

それは彼が鶺鴒だからか。それともまた別の何かなのか。

「塔子は不思議な女だった。俺よりずっと年上みたいなのに、なんだか年端もいかない少女のような――。これは立ち居振る舞いだけじゃなくて、外見も、って事なんだが」

都築は奏をちらりと見る。

カグツチは、大抵が成人してからも若々しい容貌を保っている。おそらくそれも短命の原因となっているのかもしれない、と将彦が言っていた。

「とんでもない目に遭ったってのに、こんな事は慣れっこみたいにけろりとしていた。そんなに遊んでるようには見えなかったんで、若かった俺はビビったよ」

奏はひっそりと苦笑せずにはいられなかった。複数の男に抱かれるなど、カグツチにとってはいつもの事であり、それは『お役目』だ。

都築はまだ脚の間を男の精で濡らしている塔子を、アパートに連れて帰ったらしい。警察も病院も嫌がる彼女はどう見ても訳ありだったが、放っておけない何かがあった。

そしてカグツチが鶺鴒に惹かれる習性に従って、彼女もまた都築と共に行く事を望んだのだ。

「その次の日には、もう寝ていた」

「母は――塔子は、発情していましたか？」

それを聞くと、都築は少し驚いたように奏を見る。どうやら言葉が直截すぎたらしい。

「ああ、俺も女は初めてじゃなかったが、後にも先にも、あんな体験はないな」

「そのはずです。あなたは鶺鴒だから」

「そう。彼女もそんな言葉を言っていたよ」

奏を見る都築の眼差しは、どこか憂いを帯びていて、自分を通して何か別のものを見つめているような感じだった。

それが誰を見つめているのか、なんてわかっている。

同じカグツチであり、奏の母である塔子の事だ。

都築と塔子は、その夏中、狂ったように身体を重ね、愛し合った。都築は彼女に性の手管の多くを教わり、溺《おぼ》れていったという。

「俺も若かったからな」

都築は苦笑した。もちろんそんな生活が、いつまでも続くわけがなかった。

塔子は名前こそ彼に教えたものの、その他の事についてはほとんど語らなかった。ただ、あまりに世間知らずな事から、どこかで大事に育てられた箱入りなのかとも勘ぐったが、そうであればこの奔放《ほんぽう》さが理解できない。

そして彼女は外に出たがり、たびたび他の男の匂いをさせて帰ってくる。このエキセントリックとも言える美しい女に、若すぎる都築が夢中にならないわけがなかった。

「未熟な独占欲で、ずいぶん彼女を責めもしたし、多分傷つけたと思う。それでも塔子は俺の部屋から出ていこうとしなかった。まあ、他に行くところがなかったんだろうが」

「外の世界を見たかったんです、きっと」

そのまま聞いているのがなぜか少しつらくなって、奏はぽつりと呟いた。そよぐ風が彼の熱を運んできて、また肉体の芯が切なくなる。

「今ならわかるような気がする」

そんな奏の中に何かを探すような表情で、彼は囁くように言った。

「あんたもそうなのか？」

「俺は……」

奏は口ごもった。この山の向こうの世界に、興味がないわけではない。だが、外へ出ていく勇気が自分にはない。

「こんな体質で外に出たらどんな事になるのか。それはあなたもよくご存知なんじゃないですか」

「……まあな」

それを知っていても感情の方が納得できなくて、都築はある時、手酷い言葉で彼女をなじってしまった。

「……なんて言ったんですか」

「セックスしか能のない化け物」

奏はくすり、と笑いを漏らす。

「怒らないのか」

「確かにそうかもしれませんね」

それを言った時、塔子の顔からふっと表情が消えたという。代わりに怒りでも悲しみでもない、透明な表情が浮かんだ。そしてその次の朝、彼女は消えていた。

「どれだけ後悔しても、悔いってのは消えないもんだな」

「その後、塔子は町へ帰ってきたそうです。そして俺を生んで死んだ」

「それは後になって知った――。病気か何かだったのか」

「知らないんですか？」

奏は都築に向き直って、淡々と言ってやる。どこか意趣返しのような気持ちもあったのかもしれない。

「カグツチは総じて短命で、だいたいが三十代半ばほどで死んでしまう」

「――」

沈黙が風に乗ってあたりを包む。どうやらそれは知らなかったらしい。絶句する都築を、奏は妙に冷ややかな目で見つめていた。

「……それは、どうしてだ…？」

「さあ。将彦さんは、他人に陽の力を分け与えているからじゃないかって言っていた」

この世が陰と陽に分けられるならば、性とは陽の力だ。そしてそれは、人の生命エネルギーそのものを指す。

「つまり、男と寝るということか」

奏は頷いた。母の塔子も、まるで少女のような面影を残しながら、まだ奏が幼いうちに、蝋燭《ろうそく》の火が燃え尽きるように弱って死んでしまった。おそらく自分もそうなるのだろう。

「あんたはそれで、怖くないのか」

「怖い？」

不思議な事を聞かれたと思う。何度かされた質問だが、奏はそのたびに首を傾げるのだ。

「都築さんは、例えば寿命が二百年ある人間に、お前は八十年しか生きられないがそれで怖くないかと言われたらどう思いますか」

「……そういう感覚なのか」

「よくわかりませんが、多分」

「同じ人間じゃないのか」

「……それもよくわかりません」

奏は幼い頃から、自分達の事を『そういう種類の存在』だと教えられて育ってきた。男を欲し、男に抱かれ、そして相手にある種の力を与える。だが自分達の放つ『誘惑』は男達には諸刃《もろは》の剣で、バランスを崩すと簡単に相手を狂わせてしまう。そういう存在が、とても普通の人間であるとは思えない。

自分達はいったい、なんのためにいるのか。

「……火の神、か」

ヒノカグツチ。創世の神、イザナギとイザナミの間に生まれ、誕生の際にイザナミの火処《ほと》を灼いてしまい、死に至らしめた。

カグツチが持つ身体の火照りは、陰部に宿る疼きなのかもしれない。

「遠い昔にあんた達をそう名付けた人達は、何を思っていたんだろうな」

「古くは古城家から始まったと聞きます。薬師として古くからこの町の人間の健康管理を担ってきたという古城家の先祖は、ある日、山で発見した珍しい植物や木の実、漢方などを調合し、新しい薬を作り上げました」

「それはどんな薬なんだ」

「将彦さんは教えてくれなかったんですか？」

「俺が教えてもらったのは、塔子の事だけだ。あんたらの事については何も」

「惚れ薬です」

「――惚れ薬…？」

案の定、都築は驚いたようだった。

「そう。一種の媚薬です」

残っている文献によると、とある寺小姓に入れ込んだ高僧が、その小姓を独占したいと願うあまり、もっと彼を自分に惚れさせたい――つまり、閨《ねや》において積極的になるようにしたいと、古城家の薬師に相談してきたのが始まりらしい。

「そして、その小姓を実験にかけた」

「実験？」

「僧と交わる毎に陽の力を渡せるよう、祈祷や、今で言う臨床試験のようなものを、その小姓に課したんです」

当時のこの町の山には、今でいうガスが噴出する場所があったが、そのほど近くには麻薬に似た成分が含まれる植物が自生していたらしい。

それらの材料を精製し、できた薬を小姓に飲ませると、彼は酩酊《めいてい》と興奮とを繰り返し、僧侶との閨事をひどく悦ぶようになった。

だが話はここで終わらない。

「そしてその小姓は、たび重なる薬の使用で自我の崩壊を引き起こし、廃人同様となって死んだとありました」

「……凄絶な話だな」

都築の表情には、嫌悪の色が浮かんでいた。それはカグツチへと変えられた寺小姓に対する憐《あわ》れみか、それとも過酷な実験と荒淫を課した薬師と僧侶への軽蔑か。

「最初のカグツチが死ぬ前に、寺の娘が彼と交わって子を成したそうです。その子孫が今の俺達で、そして恐ろしい呪いというわけです」

「体質という形での、呪い……」

「信じますか？　そういうの」

「実際に目の前にあるとなればな。信じざるを得ないだろう。――いや、しかし、本当にそんな事が……」

顎に手を当てて深く考え込むような都築に、奏は薄く笑む。

以来、カグツチの血を引く子はカグツチとして生まれる。奏もまた、誰かと子を成せばそうなるだろう。

「職業柄の好奇心で言わせてもらえれば、なぜその血筋が延々と守られているかが不思議だな」

「どの時代の人間も、快楽と我欲には逆らえないという事です」

寺の娘が生んだ子が、カグツチとしての体質を持っているとわかった時、同じ事が繰り返された。ただし、今度は薬なしで。

「呪いによって、カグツチと交わった男には不思議な幸運がついて回る事が多くなりました。そしてそれは次第に神格化し、町の因習と化していったわけです」

そのせいで町の実力者に目をつけられてきたが、次第にカグツチを管理する古城家そのものが力を持つようになった。

「そして俺もまた、同じように町の男達に共有されています。定期的に行われる蜜取りという儀式では、何人もの男に抱かれている」

そう言い放った瞬間、都築の顔が強ばったように見えたのは気のせいだろうか。奏がじっと彼を見つめると、彼は少し顔を歪めて目を逸らした。嫌悪したのだろうか。

「そしてそれと引き替えのように、あんた達の寿命が短くなった……。だが、呪うべきなのはカグツチ本人じゃなくて、そんな事を強いた男達じゃないのか？」

続く彼の声には、どこか固いものが混じっていた。

「男達も、呪われているんじゃないでしょうか」

彼らは皆カグツチの肉体に捕らわれ、その力を得るために人生を振り回される。それによって逆に身の破滅を招いた者もいただろう。それは充分に呪いたり得るのではないだろうか。

だが、奏にはわかりようもない。

あまりにも遠い血族は、どうしてこんな運命を自分達に課したのだろう。

どうやら将彦は、カグツチの深部に関する事は伏せていたらしい。彼が話したのは、大まかなこの町の成り立ちと、そして塔子に関する事だろう。外部の人間にカグツチに関する事を教えないのは当然の事なのだが、奏にはもっと別の意図があるように感じられた。

「あんた自身は、どうなんだ」

「俺ですか？」

「嫌じゃないのか、そんな事は」

「嫌だとか――そんな事は、思った事もなかった」

これは本音だった。楽しいとも思った事はないが、快楽は快楽だ。それに、これが自分の役目だと言われてきたから、それを疑った事もなかったのだ。

「それと、鶺鴒というのはなんだ？　古城家の当主、あの人もそうなんだと言っていたが」

問われた言葉に、奏は素早く都築に視線を向ける。鼓動が一段階速くなったような感じがした。

「塔子から聞いた言葉を、調べたのですか」

「まあな」

「よくそこまでたどり着きましたね」

嫌味でなしに、奏は感心する。鶺鴒という言葉は知っていても、そこまでたどり着けた者はなかなかいないのだ。都築は塔子の事があり、彼女が一度だけ話してくれた町の名前をもとに、根気強く丁寧に調べていったらしい。

「知り合いの議員に吐かせた」

「――――」

「政治家だったり、実業家だったり。ちょっと成功を収めた奴の中には、この町の出身の人間がちょくちょくいる。そうでなくとも、この町に滞在した事のある奴ばかりだ」

「半田さん――ですか」

「ああ。収支報告の虚偽をネタに揺さぶりをかけたら、あっさりと口を割ったよ。元々微妙な票田《ひょうでん》の奴だったから、選挙も近いし事を荒立てたくなかったんだろうな」

都築が喋らせたというのは、先日の蜜取りで奏を抱いた男だ。彼もまた院長の紹介で、外から来た男。

「奴は言っていた。あの古城家の当主は、鶺鴒という奴なのだと。奴もそれが何を表すのかは、よくわからなかったらしいが」

「鶺鴒というのは、カグツチの管理者であり、教育係のようなものです。いずれ来る蜜取りの儀式のために、カグツチに性の快楽と作法を教える」

「――――……」

気のせいか、奏は都築の機嫌がどんどん悪くなっていっているような感じを受けていた。奏が自分の状況と鶺鴒の説明をするごとに、都築の眉間の皺が深くなっていく。

どうしてなのかは奏にはよくわからないが、それは、少し前に将彦に激しい仕置きを受けた時の、彼の目によく似ているような気がした。

「どうして俺が鶺鴒なんだ」

「あなたがなぜ鶺鴒なのか、そんなのは俺にだってわかりません。でも、あなたに初めて会った時、俺の身体は確かに反応していました」

それを言った時、泣き出しそうになる感覚が奏を襲う。それは、ずっと心を寄せていた相手に想いを告げる感覚に似ているかもしれない。これまで将彦だけがすべてだった奏にとって、それは想像でしかないけれども。

ふらり、と身体がぐらついて、奏は車のボンネットの上に体重を預け、両手をついた。脱力感がある。どうやら、自分で思っていたよりも我慢をしていたらしい。彼に告げた事によって、一気に衝動がこみ上げてきた。

「……っ触らないでください」

じゃり、と地面を踏みしめて近づいてくる都築が手を伸ばそうとしたところに声をかける。

「今も、そうなのか」

確認されるように問われて、激しい羞恥が奏を襲った。どうして恥ずかしいなんて思うのだろう。色んな男にあらゆる事をされて、それこそ見られていない場所なんてないくらいなのに。

「……ひとつ、気になっている事がある」

「なん、ですか」

「俺は塔子が東京にいる間、何度も関係をもった。そしてあんたは塔子の息子だ。もしかして……」

都築が何を気にしているのかがわかって、奏は唇の端を持ち上げて小さく笑う。

「鶺鴒とカグツチの間では、子は作れません」

「……そうなのか」

元々、鶺鴒が相手でなくてもカグツチは、決まった日時と状況を整えての交合でなければ孕む事はない。

でなければ、最初に教育係としてカグツチを抱く鶺鴒が、カグツチを孕ませてしまう割合が圧倒的に高くなってしまう。そうなればいずれ血は濃くなり、重大な問題を引き起こすだろう。これもまた、生きものの本能というものなのだろうか。

「俺の父親は神事によって選ばれた町の男の誰かです。けれどそれはカグツチに教えられる事は決してありません。多分、俺たちに生き神としての自覚を促すためなのでしょうけど」

それを理解したらしい都築が少し安堵したような顔をするのを、奏は見逃さなかった。

「塔子のかわりに、俺を抱くんですか」

「いや、彼女の事はもう過ぎた事だ」

都築はそう言ったが、本当だろうかと奏は思う。何せ、こんなに時間が経ってまでもわざわざ調べ上げてここまで来るくらいだ。そこには、相当の執着があったのではないかと思う。いや、あって当然だろう。母は、奏から見ても魅力的な女だった。

都築の手が髪に触れて、奏は小さな声を漏らしてしまう。慣れ親しんだ将彦ではない、新たな鶺鴒の気は、奏の官能を激しく刺激した。

「それにあんたは塔子の血を引いてはいるが、塔子じゃない」

そう言われた時、なぜか胸の奥に爪を立てられたような気がした。

「塔子とはまったく違う。彼女はもっと柔らかい感じだったし、印象もだいぶ違う。だいたいあんたは男だ」

「わかってるなら――」

「正直、初めて会った時から、なんで気になっているのかわからなかった。確かに小綺麗な顔をしてるし、色っぽい。でもそれ以上に、あんたに惹かれている。――もしかして、自分の子に惹かれてしまったのかとひやひやしたが、どうやらその心配はなさそうだ」

「え?」

ふいに手を握られて、奏は飛び上がりそうになった。顔が火がついたように赤くなり、触れられたところからジン、とした熱が広がる。

「送っていった家を見てやっぱりと思ったが、どうしてもまた会いたくて、周りをうろうろしていた」

「なんで……」

「さあ、なんでだろうな。でも俺は、こういう時には逆らわないようにしてるんだ。カンさ」

ふと真顔になった都築は、次の瞬間、奏との距離を一気に詰めてきた。突然来られて反射的に逃げようとしたが、彼の動きの方が速かった。

「っ！　あっ……！」

今の状態の奏では、もう導火線に火がついた状態だ。逞しい胸に引きよせられて抱きしめられると、身体中が燃え上がりそうになる。

「や、やめっ……！」

叶わないと知りながらも、奏は都築の腕の中で弱々しくもがく。

「抱きしめた感じで、わかるもんだ」

熱い腕の中で蕩け出しそうになりながら、都築の言葉に僅《わず》かに目を瞠《みは》った。

肉体と心の有りようが違うのはいつもの事だが、無性に悲しくなって都築の腕から逃れようとする。だが耳元に唇が近づけられ、背中を這い上る疼きに耐え切れず喘いでしまった。

「やっぱり興奮する」

「――――」

睫《まつげ》を震わせながら横目で都築を見ると、彼はどこか苦しげな表情をしている。身体はこれ以上ないほど求めてはいるが、このまま抱かれてしまっていいのかわからなくて、どうにか彼を正気づかせようと思った。だが、彼は鶺鴒なので、自分の放つ誘惑の気には反応しないはずなのだが――――。

「お……俺を抱いても、あなたには得はないですよ。あなたは鶺鴒だから」

「そうなのか」

だがカグツチは慣れていない鶺鴒が側にいるだけで、狂おしく反応してしまう。

「わ、わかっているのなら……」

「別にそんなものは欲しくない。俺は今の地位を自分の力だけで立派に築いている」

確かに、彼が今ジャーナリストとして成功しているとすれば、それは塔子から与えられた力ではないだろう。

「だがな。目の前であんたがしたくてしたくてたまらないって顔をしている。それを可愛いと思って欲情しても、なんの不思議もないだろう?」

「俺がみっともなく発情しているから……、だから抱いてやろうって言うんですか」

蜜取りでどんなに屈辱的な行為をされるよりもみじめな気持ちが胸を締めつける。だが彼は奏の中心にぐい、と腰を押しつけてきた。

「や――――、だめです、やめてくださいっ……!」

あからさまな硬さと隆起が服の上からでも感じられて、思わずみっともない声を上げてしまう。けれどその拒絶の声は、彼に届くことはなかった。それどころか、ますます火をつけてしまったように力がこもる。

「ふぁあっ」

「違う。俺がしたいからだ。俺はあんたを犯したくて犯す」

次の瞬間に唇を塞がれてしまって、奏はもう我慢ができなくなった。

それまで押し返そうとしていた都築の腕を握り、次に背中を抱きしめる。男の熱い体温。微かな汗の香り。腰の奥が、痛いほどに疼いた。

俺は何を考えてこの男についてきた。こうなる事を、期待していたのか？

微かに残る後悔が胸を痛ませたが、もうこうなっては逃げられはしないだろう。抵抗する術のあらかたを、奏はすでに奪われてしまっている。

「んん、ん…っ」

本音を言えば、まだためらいはあった。けれども奏の肉体はもう限界を越えていて、自分の意志とは関係なしにこの男を求めていた。

関係なしに――――？

少し違うかもしれない、と思いながら、奏は口腔に侵入してきた舌を夢中で吸い返す。それだけでびりびりと全身が痺れ、今にも達してしまいそうだった。初めて将彦に抱かれた時も、こんな感じだったような気がする。

「……ああ、すごく興奮する」

「…あっ、ぁっ…」

唇が離れて荒い息がかかるとたまらなくて、小さく喘いでしまった奏の尻を、都築が卑猥な手つきで揉みしだいた。

「どのくらい感じてるものなんだ？」

「もうっ…、もう、イってしまいそうですっ…！　さ、触るの、やめっ…！」

小さく叫ぶように訴えると、笑みを刻んだ唇が瞼に触れる。

「せめて、ホテル行くか」

「……このまま放っておかれたら、死ぬかもしれません」

ここまでされて中断されるのは、あまりにも酷だった。奏が必死で押し止めていた火種を煽るだけ煽ったのに、ひどすぎる。

「――――わかった。車に戻ろうか」

くたりと力の抜けた奏の身体を引きずるようにして、都築が停めていた車に誘導する。

それに抗える力など、奏にはとうに残ってはいなかった。

「ああっ……！」

ガタン、と倒されたシートごともつれ込み、激しく唇を貪り合う。

「んん、ん────っ！」

腰がひくひくと浮いて、奏は服の中で射精してしまった事を知った。恥ずかしさで涙が滲む。それでも収まらない熱を下から都築に擦りつけるように動くと、彼はやっとそこに触ってくれた。

「あふっ……！」

「出してしまったのか？」

「…ご、ごめんなさい…っ」

「いいさ。どれ、気持ち悪いから脱ごうか」

大人の男めいた色悪な仕草で、都築が奏のベルトに手をかける。カチャカチャと音を立て、恥ずかしいところを剥き出しにされる行為を、奏は頬を上気させながら見守っていた。

「開いて。うんと大きく」

「あ────」

濡れた脚の間を男の視線に晒すように、奏は自らの両脚をおずおずと開いていく。頬がじんじんと脈打つ。きっと奏の顔は真っ赤になっているだろう。そして、脚の間のものは出したばかりだが、全然足りない。いやらしく勃ち上がって、視線だけでもズキズキと感じた。

「想像した通りだ。可愛くて、いやらしい――」

「あっ！　あんあぁっ！」

都築の頭が脚の間に埋められて、いきなり咥えられる。腰から凄まじい快感が突き上げて、奏はシートの上で大きく仰け反った。合皮のシートを、爪ががりっ、とひっかく。

熱い舌に鋭敏な器官を包まれ、吸い上げてしゃぶられて、脳髄が焼けつくほどの刺激に襲われると、もう泣くような声を上げてしまう。

「ふあ、んんっ！　ま、また、いっ、イっちゃ…！」

「そんなに感じるのか？」

都築は舌先を奏の先端に這わせつつ囁いた。

「せ…、鶺鴒が、カグツチに与える快感は、普通の男の数倍だってっ…、将彦さ…が、はぁ、ああっ！」

先日将彦にも責められた、最も鋭敏な蜜口を舌先でくじられて、車内に悲鳴じみた嬌声が上がる。

「そ、そ…こ、やだ、やっ…！」

「俺に抱かれている時くらいは、他の男の名は出さないでほしいもんだな」

きついぐらいにそこを刺激したかと思うと、くびれのあたりに優しく舌を這わされてわけがわからなくなりそうになる。

「ああ…、どうしてっ…！」

「初めて男のものをしゃぶるのにためらいがないっていうのが、我ながら驚いてるよ。こんなことだってできる」

舌先がつうっと滑り、さらに深いところまで潜り込んできた。双丘を開かれ、その奥に触れられた時、奏はぎくりと目を見開く。恥ずかしさのあまりに、逆に動けなくなった。

「あ、ん…あ、ああんっ…！　そんな…っとこまでっ…」

「ここで俺を受け入れるんだろ？　ヒクヒクしてるな……」

中に入りたそうに、硬く尖らせた舌先がそこで動く。それがたまらなくて、奏は車内で折り曲げた脚を震わせながら、精を吐き出さずに後ろだけで極めた。背後を舐められただけで、入れられもせずに。

「あああ、あ、あっ…！」

――――強烈すぎる。

内部の媚肉が激しく痙攣するのを感じながら、奏は自分でも制御できない波に呑まれているのを感じる。都築はまるで奏を貪る獣のようで、内臓にかぶりつく前にあちこちを突き回して楽しんでいるような感じだった。

「お、もしろがって、いるだろうっ……！」

過剰に反応するカグツチの肉体は、彼のような都会で遊び慣れているであろう男にとっては征服欲を満足させるものなのかもしれない。

「……おもしろがっているだけなら、男のこんなところなんか舐められない」

唾液を押し込むように奥まで舐められて、身体の中から熔けていってしまいそうな愉悦に包まれる。指でもいいから、今すぐにでも入れてほしかった。熟《う》れた内壁を撫でて、擦って、かき回してほしい。

「な、ら、舐めてばかりいない…で、入れてっ…くっ」

「もういいのか？」

「いい、いいからっ…、ああっ！　あっ！」

ぬぷり、と指が這入ってくる感覚に、奏は腰を浮かせて震わせた。男の力強い長い指が媚肉をかき分けていき、探るように前後に動く。だがもどかしくてならない。もっと強い刺激がほしい。

「熱くて、濡れているな。どこがいいんだ？」

「あぁあ、そ、その、中の、こりこりしたところっ…、そこ、いじめて、いっぱいしてっ」

これ以上ないほどに追いつめられた奏は、身も世もなくはしたない言葉でねだった。恥ずかしかったが、今はそれすらも興奮を煽る。

都築は少しの間中を探っていたようだったが、やがて奏の一番脆い部分を見つけると、そこを指先で軽く押した。

「あ―――っ…！」

ぎりぎりの状態だったところにふいに的確な刺激を与えられ、腰の奥で快感が弾ける。奏の張りつめた前方から白い蜜が弾け、引きしまった下腹に散った。

「ここか？」

「ふぁあっ！　そ、そこぉっ…！　あっそんな…、二本も…なんてっ…！」

指が増やされ、すぐに心得た動きで中を責められて、奏は息詰まるほどの悦びに泣く。都築がそれを動かすたびにちゅくちゅくと卑猥な音が漏れて、二人が絡み合うには少し狭い車内に響き渡った。

「狭いからな。協力してくれ」

そう言われて、奏は自らの脚を抱えさせられ、大事なところを開くよう都築に促される。

嬲られて朱く濡れる後孔も、快楽にいとも簡単に再び勃ち上がる前方も、全部が丸見えになってしまった。だがそれに抗う力もない。

「うんっ…！　あっ…、は、あ、あっ…！　き、気持ちい…っ、ふあ、きもちいい…っ」

「こうされると、どんなふうに気持ちいいんだ…？」

囁く都築の声も、どこか上擦っている。自分の痴態に興奮してくれたのだろうか。だとしたら、少し嬉しいと思った。

「な、なか、熱いっ…、身体、ふわふわしてっ…、…あっ、あっ…！」

そう訴えながらも、奏はまた達してしまった。だが今度は先端の方からほんの少し蜜液が零れただけだ。びくんびくんと小さく痙攣しながら、奏は法悦《ほうえつ》の境界を漂い続ける。鵺と鴿との情交はまるで強い媚薬を使われたかのように濃厚で激しい快楽に見舞われるのだ。

「皆この蜜を目当てに、あんたに群がるのか」

濡れた舌先で屹立の根元から先端までを舐めあげられ、奏はまた悲鳴を上げる。後ろを責められながら性器まで舌で可愛がられては、とても我慢などできるはずもない。

「ああっ…ふうっ！」

くびれの部分にちゅっ、ちゅっ、と吸いつかれ、腰から下が痺れた。

「あ、あなた…には、効果がないっ…んっ…」

「らしいな」

そう言いつつも、彼は伝い落ちる蜜をすくう事をやめなかった。

体内の官能の核の部分を指で嬲られ、神経が剥き出しになったような器官を舌先で悪戯されて、脚の付け根がひくひくと蠢く。

「はあ、ああっ…！」

抱えている自分の脚に爪を立てる勢いで身体を震わせた。挿入された都築の指は途方もなく気持ちがいいが、もうそれだけでは物足りなくなっている。鶺鴒を相手にしたカグツチの肉体は、もっと熱く、逞しいものを欲していた。

「ああ…っ、都築さ…、都築さんっ」

「高臣だ」

「ん、え、え…？」

混濁《こんだく》しかける理性に語りかけるように、都築の声が脳裏に差し込まれる。

「俺の名は高臣。そう呼んでみろ」

「ど、どうして……」

下の名前を呼ばせる理由がわからなくて、奏はためらいを口に乗せた。すると、都築の指が責めるように体内でぐり、と回る。突き上げる快感に、奏は思わず悲鳴を上げた。

「あは、あっ！」

「いいから呼んでみろ。高臣、だ」

「……た、高、臣さん…？」

今さらかもしれないが、若干の気恥ずかしさもあって、奏はためらいがちにその名を口にする。だが呼んでみると、不思議としっくりくるような感覚に包まれた。まるで、そう呼ぶことが当たり前であったかのように。

「いいな。そう呼ばれると興奮する」

「た、高臣さん…、もう、もうっ…」

訴えると、どうした、と濡れた唇を指で拭われる。それを合図にしたように、彼を求める言葉が口をついて出た。

「入れて…っ、高臣さんのを、こ、ここにっ…！」

震える指が双丘の狭間を自ら押し広げ、恥ずかしい部分を露にした。まだ二本の指を咥え込んでいるそこは、悩ましげに収縮を繰り返している。

次の瞬間、ズルッ、と指が引き抜かれ、かわりにひどく熱いものが押し当てられた。彼だ、と思った瞬間に身体が熱くなり、脚を持ち上げていた手を離して覆い被さってくる男の背中を抱く。

先端が這入ってきた瞬間、泣きたくなるほどの切なさに襲われ、奏は啜り泣きを漏らしていた。肉環が広げられていく瞬間がたまらない。そうして、彼がもう少し奥まで入ってきた時、奏は全身をわななかせるようにして達してしまっていた。

「はあ、あ、あ…っ！」

入れられただけで、我慢できなかった。初めて抱かれる鶺鴒の肉体は、それはそれは強烈だったのだ。

「…もうイったのか？」

「ああ、あっ、あっ…！　お、おっき…い…っ」

　腰の奥がきゅうきゅうと収縮していくのが自分でもわかる。そのたびに激しい疼きと快感に揺さぶられ、奏のそこは健気なほど懸命に都築を呑み込もうとしていた。

「…凄いな…。どこまでも吸い込まれていくようだ」

「あぁあ、も、もっと…、奥まできてっ…」

　最初から深い角度で挿入され、奏の入り口はめいっぱい押し開かれていた。熱い脈動が伝わってきて、その媚肉で思う様都築の男根を味わう。

「い…いっ…」

「こんな奥まで入れていいのか…？　ほとんど全部入ったぞ」

「ん…っ、だい、じょうぶ…っ」

　男を受け入れるべくして生まれたカグツチだ。都築のものは確かに長大だが、奏は気息を整え、その凶器を深くまで咥え込む。

「……ああ…」

　ほとんど根元まで入れてしまうと、相手とひとつになったような感じすらする。意識していなくとも押し開かれた内壁がぴくぴくと震えながら男根に絡みつき、相手に快楽を与えていた。

「……うっ…」

燃えるような息を吐きながら、都築が奏の首筋に顔を埋める。

「…気持ちいいよ。あんたの中がヒクヒクして、俺に絡みついてきてる」

「はぅ、あ、高臣さん…のも、どくどくいってて…、入ってるだけで、感じちゃ…っ」

凶暴そうな男根の脈動が、血流に重なって奏の内部に伝わるたびに、そこからじわじわりと愉悦が広がっていった。

「んん、…や…あ…」

おそらく奏を気遣っているのだと思うが、彼は中に自身を埋めたまま、いっこうに動こうとしてくれない。この状態はそろそろつらくなってきていて、奏は都築の腰に絡ませた脚をもどかしげに揺らした。

「…高臣さん、そろそろ…」

「動いてもいいのか?」

「い、いっぱいっ…!」

がくがくと頷いた瞬間、身体の深いところから男根が引いていき、そしてまたずうん、と突き入れられる。

「ふあああっ!」

許容量を超えた快楽が、奏の背を軋《きし》ませた。腰骨が炙《あぶ》られて熔けるような感覚。ここまで深い官能は、将彦に、鶺鴒に抱かれた時しか味わえない。

「ああ、はう、あ、あっ、いいっ、いぃいっ…！」

全身のあちこちで快感が爆発している。特に腰の奥から生み出されるそれは大きくて、奏は次第に、自分が今達しているのか、そうでないのか、あるいは精を吐き出しているのかそうでないのかわからなくなっていった。

「あんっ、んっ、ん――――っ！　くぁ、ああっ！」

「…っ、っ、くそっ…！」

激しく喘ぐ奏の耳元で、都築が何かに耐えているように呻く。

「…これじゃ、すぐに持っていかれちまう…」

「や、ぁあ、やだ、いっぱいして、いっぱいっ…」

「心配するな。すぐにまた硬くなる」

幼い口調になって懇願する奏の口元に、都築は宥めるように唇を押しつけた。それからすぐに強い調子で小刻みに突き上げ、最後に一際奥まで入ってくる。

「あくぅうっ…、くぅ――――…っ！」

「出すぞっ…！」

奏の上で、ぶるっ、と大きく腰を震わせた都築は、その熱い精で媚肉を濡らし上げた。何度かに分けて放出されたそれを、奏は大きく痙攣しながら受け止める。

「…あ、あ、あっ、ひぃ――――…」

頭の中は真っ白だった。唇の間から突き出された桃色の舌を吸うように、都築が口を塞いでくる。強烈な余韻にわななきながら口腔を犯される快楽に酔っていると、中にいる彼が抜かないままにまた動き出す。

「ふう、んっ…、んんっ…」

一度吐き出して少し余裕が出たのか、都築は今度は、ゆっくりと腰を回すように動いてくる。張り出した部分が中を抉り、体液で濡れたそこが淫靡な音を立てた。

「……ああ…」

「…凄いな。どうなってるんだ、あんたの中は」

都築もまた、感に堪《た》えない、といった感じで息を吐き出す。

「……気持ち、いい…？」

「ああ――、熔けそうだ」

塔子よりも――？　と言いそうになった唇を噛んで、奏は都築の背中に回した手を腰の方へと下ろした。ゆっくり、緩やかにそれが蠢くたびに、くちゅくちゅと秘めやかな音が響く。恥ずかしいが、今はそれがより一層興奮した。

奏は片方の手を自分の前に回し、互いの下腹で擦れ合っている自分のものをそっと握り、はしたなくも愛撫する。

「そうすると、もっと気持ちいいか…？」

「ん…、うんっ…、前も一緒だと、すごく、い…っ」

先端からとめどなくあふれる蜜で、奏の細い指が上下するたびにそこも卑猥な音がした。

「あ、あ…っ、高臣さ、お、俺、こんないやらしくて…っ、お願い、呆れないでっ…！」

快楽に屈服し理性が弾け飛んだ時、奏は思わずとんでもない事を口走っていた。

蜜取りの時に群がる男達には、どんな痴態を晒したとしても、なんと思われようとも、別に構いはしなかった。

けれど彼に呆れられ、嫌われるのは怖い。

それは都築が鶺鴒だから、カグツチの本能としての部分での恐れなのだろうか。

それがなんであるのかは今はわからないが、奏はこの瞬間、全身で都築を欲し、愛されたいと思っていた。

「奏……」

名前を呼ばれて、また身体の奥がきゅんと疼く。後孔で男を締め上げると、都築の喉の奥から押し殺した呻きが聞こえた。

「……可愛いな。呆れないよ」

「ほん、とに……？」

「ああ。それよりあんたがそんな事を気にするなんて思わなかった」

そう言われて、奏は上気した頬をさらに染めて、横を向く。するとそれを追うように唇が近づいてきて、軽く目元に口づけられたかと思うと、はだけた胸元に移動していった。

「な、あっ」

なめらかな胸の上で、存在を主張するように勃ち上がった乳首を、都築の舌先がそっと転がす。

「や、あっ、そんな、こと…っ」

「こんなに尖って、してほしそうだ」

濡れた熱い舌先で、敏感な突起を舐め転がされるのはたまらない。周りの桜色をした部分にねっとりと舌を這わされ、ふいに硬い部分をしゃぶられると、それだけでイきそうになる。

「あっ、あっ！　あんっ、あぁ…っ」

「どこもかしこも感じるのか…。いったい、どれだけ仕込まれたんだ」

微かに含まれた責めるような響きに、奏は嘆くように眉を寄せた。

違うのだ。確かにあらゆる性の快楽を教え込まれはしたが、それはあくまで後付けでしかない。

本質は、奏がカグツチとして生まれた事にあるのだ。

「不満なんですか……」

「…多少、な」

声の後で、ぐん、と弱いところを抉られ、奏はそれ以上何も言えなくなる。

「ふ、う、うぅぅんっ！」

それからも何度も突き入れられ、結局都築は片手の数ほどは奏の中に放った。閉め切った車内に雄の匂いが立ちこめ、いつもは男をその芳香で惑わせている奏が、都築の熱にくらくらと酔わされる。

塔子も酔ったのだ。この熱に。

そう思うと、途端に切なくなった。

どうして――、俺には将彦さんがいるのに。彼がすべてなのに。

都築に抱かれてしまったのは誤算だったのかもしれない。だが、今さらそんな事を言っても遅すぎる。

奏はその後も不自由な体勢で貫かれ、犯され、感じるところをすべて愛撫されて、我を忘れるほどの快楽に溺れさせられた。

フロントガラスから見える景色が、朱く染まっている。

潤んだ視界越しにそれを見た奏の中に、なぜか罪の意識が募った。

「大丈夫か」

　ドアを開けて地面に降り立つと、背後から気遣わしげな声がかかった。奏は笑みを作った後で振り返る。

「いつも俺がどんな事をしていると思ってるんですか」

少し自嘲気味の言葉は、男の眉を曇らせた。我ながら、少し意地悪だと思う。

「……また会いたい」

「それは、塔子にですか、それとも俺に？」

顔を戻して、奏はぽつりと呟いた。相変わらず、くだらない事を気にしているなと思いながら。

彼が奏の母である塔子に思いを残しているのは当然なのに。だからこそ、こんな辺鄙《へんぴ》な町までやってきたのだろう。奏に塔子の面影を求め、だからこそ抱いてくれたに違いない。

なのに自分はどうして子供みたいに拗ねているのだろう。ましてや、自分には将彦がいる。

奏は彼だけを見ていればいいはずだ。

「……すみません。別に、あなたに好かれたいとか、そんな事は思ってはいないです。俺には……、もう一人の鶺鴒がいますから。している時の言葉は、本気にしないでください。自分でも何を言っているのかよくわからないので」

一度抱かれたからといって、心を移すような性質ではないはずだ。しかしそうであれば、この後ろ髪を引くような立ち去り難さはなんなのだろう。

背後からは、何も聞こえてはこない。

奏はひとつ息をつくと、重い足を地面から引き剥がして、自分の家へと帰っていった。

「――しかし、それでは、カグツチが途絶えてしまいますぞ」

玄関を上がり、応接間の前を通りかかった時、聞き覚えのある声が耳に飛び込んでくる。奏は咄嗟に足音を忍ばせ、壁に背をつけて聞き耳を立てた。多少の後ろめたさはあるが、自分に関わる話のようなので、素通りする事もできない。

「古城さん、もう一度考え直してください。五百年ですぞ。この土地にカグツチが生まれてから五百年――、我々は先祖からずっとそれを受け継いできた。それを、奏くんの代でやめると言うのか。私らはどうしてもそれは承伏できない」

「何度も申し上げているはず。今の時代には、あれはもう不要なものでしょう」

不要、という将彦の言葉に、奏の胸にひやりとした刃が差し込まれた。わかっている。将彦はそういう意味で言っているのではない。むしろ奏の事を思い、これ以上自分のような存在を生み出さないためにそういう言い方をしたのだ。

理屈ではわかっているが、それでも一人取り残されたような寂寥感《せきりょうかん》がよぎる。物心ついた時から、ずっと彼の手を握ってきただけに。

――自分は新たな鶺鴒に関心を奪われているというのに、勝手な話だ。

そんなふうに自嘲しながらも、奏の耳は二人の会話を聞いている。将彦と、おそらく木嶋総合病院の木嶋院長の。

前々から、今後のカグツチについての話し合いの場は持たれていた。本来であれば奏はそろそろ次のカグツチを作らなくてはならない。

だが時代の流れと共にカグツチ不要論が持ち上がり、町の話し合いでは、奏で最後、という事にほぼ決まりかけていると聞いた。ただそれにどうしてもと異を唱えているのが、木嶋院長をはじめとする一派だった。

「奏に子供は作らせない。カグツチからは、カグツチが生まれる。五百年続いたというが、私にはこの町の男達の欲望によってそれらが作り出されてきたようにしか思えない。もうそろそろ、彼らを解放してやるべきではないですかね」

「欲だと!?　何を言う。カグツチは、我々にとって必要なものだ」

「……この町は、数百年前は貧しく、非常に厳しい土地だったと聞いています。だからこそ、男に付加価値の力を与えるカグツチは重宝《ちょうほう》された。激しい労働に耐えるためのガス抜きにもなっていたでしょう。だが、もうそんな必要はない。この町は遙かに豊かになり、カグツチの力なしでも発展していける。残っているのは、もう私欲だけだ」

将彦の口調は冷静だったが、そこには一歩も譲らないという響きがあった。奏の、壁に添えていた手が震える。たった今将彦に対し不信感にも似た思いを抱いた事を、奏は後悔した。

同時に懺悔《ざんげ》めいた感情がせり上がってくる。将彦はここまで真剣に自分の事を思ってくれている。なのに自分は、たった今何をしてきたのか。

それでも、都築に対するある種の執着のような塊は、胸の奥に付着してどうしてもとれなかった。

苦しい――と、長い睫を伏せる。

「どうしても考えは変わらないというのかね」

「ずいぶん前から話し合っていたことです。カグツチは、奏で最後にする」

断定的に言い切る将彦に気圧《けお》されたように、木嶋が黙り込んだ。元々カグツチを管理するのは古城家の当主の役目だ。その生殺与奪《せいさつよだつ》権をも握っていると言ってもいい。古城家がなければカグツチも生まれなかった。だから町の者は、いまだにこの家に対して一歩も二歩も引いている。

「……わかった。今日はこれ以上話しても無駄なようだ」

「今日でなくとも、無駄です」

素っ気ない声に、木嶋が居心地悪げに咳払いをし、立ち上がる気配がした。奏は慌てて物陰に身を隠した。今姿を見られるのはよくない。そんな予感がしたのだ。

木嶋が帰っていくところを、将彦は見送らなかった。その足音が門を出ていくのを確認してから、奏はそっと応接間に足を踏み入れる。将彦は、何かを考え込むようにそのままの姿勢でソファに座っていた。

「……ただいま戻りました」

「また立ち聞きか？　仕方ない奴だ。おかえり」

「すみません。ちょうど帰ったら聞こえてしまったもので」

奏は将彦の隣にそっと座った。長年一緒にいるので、都築の側にいる時のような衝動は湧き上がってこないが、それでもまったく平静というわけではない。これだけの距離にいれば、チリチリと肌が熱くなる感触が伝わってくる。それを、気にしないようにする手段を身につけただけだ。

「話をしてきたのか」

「はい」

「どうだった？」

その質問に、奏は困惑して軽く眉を寄せる。

「俺にはよくわかりません。あの人は、塔子の痕跡を探しにきたんじゃないんですか」

「俺の見立てでは、多分違うと思うがな。彼女の事は、もう思い出として処理している感じだった」

「…………」

それでも奏は、まだ納得できかねるように横を向いた。将彦がどうして都築を擁護《ようご》するような事を言うのか、よくわからない。すると将彦が、突然核心を突いてきた。

「あの男に抱かれたのか」

「……はい」

奏は素直に頷いた。将彦には、隠し事などできない。

「感じたか」

「……すごく」

つい先程までの自分の痴態を思い出し、奏は思わず頬を染めた。

「二人の鶺鴒に抱かれたカグツチは、お前くらいのものかもしれないな」

将彦はそこで初めて笑みを漏らし、奏の頭を抱き寄せた。

「――――」

たった今別の男に抱かれたばかりの身体で、将彦に慈《いつく》しまれる。それは昔から二人の間に繰り返されてきたことだった。

「木嶋さんと話していたこと、やっぱり本当なんですか」

「ああ。肝心のお前にちゃんと話していないで、悪かったな」

寿命が短いカグツチの後継を作るために、適当な時期になると、町から選ばれた適当な相手と番《つが》わされ、子供を作らされる。そこには自分達の意志など一切ない。だが、奏はそんなものだと思っていた。そうやって自分達は細々と存在を繋ぎ、消費されていくのだと。

「でも、そんな事が、本当にできるんですか……」

木嶋は今日は帰っていったが、まだ諦めてはいないだろう。奏に次のカグツチを作らせるためにきっとまたやってくる。

「奏はどうしたいんだ」

「え？」

「お前は最後のカグツチになるわけだが、もうお役目から解放されたいか？」

「――――」

将彦の問いかけに、奏は少なからず動揺した。震えてしまった手を、ぎゅっと握りしめる。

そんな事は、これまで考えてみた事もなかったからだ。もたれかかっていた将彦の肩から頭を起こして、奏は彼を見やる。

「たとえお役目から解放されたとしても、俺がカグツチである事に変わりはありません」

「奏」

「男に抱かれずにはいられないし、うっかりすると周りの人を惑わせる。俺が鵺鴒には抗えないように、カグツチである事からは逃れられない」

言っているうちに、奏は自分にかけられた呪いが永遠に解けない事を改めて思い知らされるような気がした。

これまでそれを仕方のない事だと諦めていたのに、へたに希望を見せられてはよけいにつらくなる。

ずっと側にいたのに、将彦はそんな事もわからないのだろうか。

自分が存在する意味から放り出されて、ひっそりと残りの命を消化して死んでいけと？

「自由になりたいなんて、俺は望んでいなかった」

「待て。奏、聞け」

「将彦さんは、疲れてしまったんじゃないですか。しきたりを守り、カグツチを作って管理していく事に対して」

だから自分を放り出そうとした。

そう思ってしまったら、もうだめだった。これまでに不安として感じなかったわけではない。だがそのたびに奏はそんな事があるはずがないとそれを打ち消してきた。自分がカグツチとしての役目をきちんと果たしていれば、そんな事は起こらないと。

そうやって自分を宥めてきたのに、長い間眠らせていた感情を、もう抑える事ができなかった。

将彦に捨てられる。そうなったら多分、自分は生きてはいけないだろう。

「それとも、俺が、都築さんと寝たからなんですか……？」

そうであれば自業自得だろう。だが、カグツチとしての強烈な本能に逆らう事が、どうしてできるのか。

そこまで思い至って、奏は最悪の答えにたどり着く。よもや将彦は、都築に奏を押しつけるために抱かせたのではないだろうか。だから、あれだけあっさりと奏を都築の元へと行かせたのか。

「奏！」

強く両肩を掴まれた瞬間、奏は思わず手を振り上げていた。

パシン、という音と共に、掌が将彦の頬を張る瞬間を、奏の視界はどこか静止画像のようにして見る。それをしたのが自分だという事を、少しの間理解できなかった。

「……奏」

「っ、あっ…？」

思わず自分の手を見下ろす。自分は今、いったい何をした？

将彦は起こった事態が信じられないように、呆然とした目で奏を見ている。その表情に怒りの色はないが、その事が一層奏を焦燥《しょうそう》に駆り立てた。

「ご…、ごめんなさい」

一歩、退く。

怖かった。

とんでもない事をしでかした、という思いに捕らわれて、奏はその時、冷静さを失う。

「ごめんなさい――――！」

「奏！」

身を翻《ひるがえ》した時、伸ばされた将彦の手が、奏の腕に一瞬触れた。だがそれを振り切って、奏はまるで逃げ出すようにその場を飛び出していく。

「奏、待て！」

将彦の声は、いつも自分を搦め捕るような響きをしている。そして奏もまた、いつまでもその檻の中で膝を抱えてまどろんでいたいのだ。

カグツチの役目。

それが奏を守る鳥籠《とりかご》だった。その中にいたからこそ、自分の存在を納得する事ができた。

だから、いざその入り口を開けられても、どうしたらいいのかわからないのだ。

紺色のカーテンが空の端から頭上までを覆う。夜の始まりだ。

奏は当て所《ど》もなく道を歩きながら、後悔と失意に濡れていた。

――あれは、完全に八つ当たりだったな。

将彦は、ただひたすらに奏の事を考えていてくれたのだ。五百年も続いた習慣を自分の代でやめると決めるのは、相当な勇気がいったことだろう。

なのに自分は、勝手な思い込みで取り乱して、一方的に将彦を責め、あげく殴りつけるという暴挙を犯した。

――喧嘩なんて、した事もなかったっけ。

将彦はいつも絶対的な庇護《ひご》者として奏の上に君臨《くんりん》し、自分もまたそれを当然のように受け止めてきた。

彼に逆らう事など考えてなかったのは、自分がその囲いの中で居心地がよかったからだろう。

甘えていたのだ。きっと。

奏はもう二十歳になる。『外の世界』では成人として見なされ、独立もできる年齢なのだ。

なのに、自分は何をやっているのだろう。

生き神などと崇《あが》められ、運命を甘んじて受け入れるなどと言いながらその実、何もしないでただ流されるままに生きてきたのではなかったか。

頭が冷えるにつれ、今さらながらそんな事がわかるようになってきた。長い間感情の多くをあえて凍結してきたせいで、一度動き出すとうまくコントロールができない。

「無様だな……」

まるで子供だと思った。

すっかり暗くなり、星が瞬き始めた空を見上げ、奏はため息をつく。

塔子が死んだ夜も、こんなふうに星が綺麗な空だった。

世界に自分一人だけが取り残されたような、そんな絶望的な孤独が押し寄せる中、奏の手を握ってくれたのは誰だったろう。

あの人だ。

一人にしない、と言ってくれた言葉通り、彼は確かに奏の側に寄り添い続けてくれた。あの手のぬくもりが嘘だったなんて、どうしても思いたくない。

将彦には謝らなければならない。

ちゃんと帰って、これからの事を話し合った方がいい。都築の事をどうするのかも含めて。

凄まじくバツが悪かったが、そんな事は普通に育ってきた者ならばとっくの昔に経験している問題なのだ。

カグツチという立場に甘えていてそれらを怠《おこた》っていたという事を、奏は今さらながらに痛感する。

前方から親子連れらしき者が歩いてきて、奏とすれ違った。母親の方は見覚えがある。彼女の夫は、蜜取りに参加して奏を抱いていた。なのに行き会う瞬間に軽く会釈をされ、奏は瞠目《どうもく》する。

責められても仕方のない事を自分はしているのに、その対象に頭を下げるなんて、どんな気持ちなのだろう。

——俺は、自分の事しか考えていなかったな。

奏は苦笑すると振り返り、その母と子が角を曲がるまで見送っていた。

「帰ろう」

きっと将彦も心配している。

あえて口に出し、奏は帰路へつくための足を踏み出した。帰ったら、まずなんと言って謝ろう。そしてどんな話をしたらいいのか。

それを考える事で手一杯になり、周囲への注意が散漫になっていた事は否めなかった。

——だから、親子連れが消えた角から一台の車が滑り出し、ライトを消してゆっくりと近づいてきた事に、気がつかなかったのだ。

背後で急に車のドアが開く音がする。初めて都築と会った時と同じように。だがあの時と違うのは、その足音が複数である事と、決して自分を助けるためではないという事だった。

「――――失礼します。奏さん」

「なっ……？」

両側からがっちりと腕を取られ、有無を言わさずに引きずられていく。声を上げようとしたが、大きな手で口を塞がれた。奏は内心で激しく動揺しながら、視線だけを動かして自分に危害をくわえようとする男達を見る。

手脚を動かして抵抗しようとしたが、そもそも複数人の男の力に敵《かな》うはずがない。完全に油断していた。

「おとなしくしていただければ、乱暴な事はしません」

そう言いつつもぐいぐいと引っ張られ、路上に停めてある車に乗せられる。左右から乗り込んできた男達を見て、奏は確証を得た。

木嶋の病院の者達だった。

「木嶋先生から、どうしてもあなたを連れてくるようにと言われたので……」

隣の男が、多少気が咎めたような表情で奏に説明する。彼らも、カグツチである奏にここまで強引な手段に出ることには抵抗があったのだろう。

「我々としても、古城さんの考えには納得できかねるところがあったのです。ですので、やむを得ずこんな形に」

残念です、と運転席の男は言うが、車はあやしまれるぎりぎりの猛スピードで走っていた。

「こんな事をして、ただですむと思っているのですか」

「それは木嶋先生とお話し合いになってください。我々は、ただ指示に従ったまでですので」

卑怯な言い逃れをして、男達はもうそれ以上は話をするつもりがないように前を向いて口を噤《つぐ》む。

奏は唇を噛んで車窓の外に視線を投じたが、この状態で逃げ出す事は難しそうだった。信号などで車が停止すると、彼らは自分の身体でドアを塞ぐようにして奏の脱走路を塞ぐ。

「――――」

ここは観念するしかなさそうだと判断して、奏はシートに身を預けた。木嶋がこんな手段に出る理由はただひとつ。次のカグツチを作るためだろう。

将彦のためにも、そして自分のためにも、それは阻止せねばならない。

だがそのためにはどうしたらいいのだろうか。木嶋を説得できるだけの力が、今の自分にあるとは思えない。

落ち着こうとしても、車が病院に近づくにつれ増してくる不安を、奏は押し止める事ができなかった。

「手荒な真似をしてすまなかったね」

目の前をゆっくりと通り過ぎていく白衣を、奏はひどく冷たい視線で見据えていた。

病院に着くなりベッドに寝かされ、手脚は拘束具で固定されている。強く動かしてはみたが、外れる様子は少しもなかった。

周りを見回してみると、どうも室内の様子からしていつもの病院ではないようだった。

「ここは分室だよ」

木嶋の総合病院は、隣町にやや小規模の分院があって、彼らはそこを分室と呼んでいる。奏が連れて来られたのは、そこの一室のようだった。こんなところに連れて来られてしまっては、将彦もすぐには気がつかないに違いない。その間にどんな事をされてしまうものか、と、奏は恐怖がゆっくりと足下から立ちのぼってくるのを感じていた。

「暴れる患者を固定するためのものだからね。へたに動くと手脚の方が傷つくよ」

「こんな事をして、何が目的なんですか」

尖った声で奏が聞くと、木嶋は眼鏡の奥の瞳をは虫類のように光らせた。そのぬめったような色に、嫌悪感が湧く。これまで気づかなかっただけなのだろうか。相手を選べないとはいえ、よくこれまで抱かれていたものだと思う。

「もちろん、君にお役目を果たしてもらうためだよ」

古城家を辞した際、木嶋はすぐに病院の者に屋敷の周囲を見張らせたらしい。将彦に断られたからと言ってすぐに奏を捕獲しようとは思っていなかったようだが、そこで奏が家を飛び出し、一人でふらふらしていた事でこれは好機と気が変わったようだ。

――――つまり、自業自得というわけか。

自分の認識の甘さに、奏はまたしても唇を噛む。自分があそこで短気を起こさなければ、今のこの状況は起こらなかったに違いない。

「お役目っていうのは、俺に子供を作らせる事ですか」

「そうだ。将彦くんは絶対にだめだと聞く耳を持たなくてね。まったく、とんでもない事だ。町の事をまったく考えていない」

「町の事――――？　本当にそうなんですか？」

「もちろんだよ。半田議員を覚えているだろう」

その名前を出された時、奏は一瞬怪訝に思ったが、すぐに思い出した。以前の蜜取りで奏を抱き、その後で一度家を訪ねてきた事がある。

「彼はまだ若いが、そのバックは大きい。私は個人的に窓口として彼と親交を深めているが、君の力をとても必要としていてね。協力してくれるなら、力添えも惜しまないと言ってくれているんだよ」

要は木嶋の病院に、利権がらみの恩恵を授けてくれるという意味だろう。

それが目的か、と奏は腑《ふ》に落ちた。

この町自体もまた、変わっているという事だ。先代の院長が亡くなり、木嶋がこの病院を継いでからというもの、『外』の客が増えているような気がしていた。

木嶋は、自らの利益のために、カグツチを、奏を利用したいのだろう。

「君はもう二十歳だ。もう次のカグツチを作っておかないと、君が使えなくなった時に困るからね」

「――――」

思わず目を閉じる。

木嶋にとって、奏という存在は道具そのものなのだろう。

だが、薄々感じてはいた事だ。将彦や都築にならともかく、木嶋のような人間にそう思われても、どうという事はない。

どうという事はないはずだ。

「嫌です」

奏は今初めて、自分の意志で拒否を示した。

「カグツチはもうこの時代にそぐわないんです。この町はもう、次のカグツチがいなくともやっていける」

「そういう問題じゃない。やはり君はバカだな。セックスしか取り柄がない」

木嶋は心底蔑《さげす》んだような目で奏を見る。

「この町が、どれだけ君らを特別扱いしてきたと思ってるんだ。多少なりとも感謝の思いがあるのなら、その血を次に繋げていくべきじゃないのかね」

「この町じゃない、あなたのためでしょう！」

思わず声を荒げても、木嶋の心には少しも響いていないようだった。

「どちらでも同じ事だよ。君にはもう少し、役に立ってもらわねば」

木嶋が何か容器のようなものを手にし、奏に近づいてくる。そしておもむろに服を脱がせようとするのにぎょっとして身を捩るが、手脚をがっちりと固定されているので抗えない。あっという間に下半身の衣服を膝のあたりまで脱がされて、情けない姿を晒すはめになった。

「君の精子を採取させてもらう。カグツチ様の有り難い甘露をね」

その言葉に恥ずかしさも忘れ、ギクリとして木嶋を見やる。彼が手にしているのはビーカーのようなガラスの容器と、それとそぐわない電動式の男根。

「まさか……」

「君がどうしても嫌だというのなら仕方がない。種だけをもらって、畑はこちらで用意させるとしよう」

「そんな事できるわけがない」

カグツチはしかるべき日時に神事によって選ばれた相手と交合しなければ子は作れない。

それはカグツチが男でも女でも変わらない。

だが木嶋はそういった一連の儀式を、信じてはいないようだった。

「なら、人工受精に成功するまで、君をここへ留め置くことにしようか」

「――――」

木嶋の答えに、奏は絶句した。それでは、奏はもうここから出る事はできない。

「や、めっ…、やめろっ！」

だからと言って、精を絞られ、万が一どこかの女にそれを植えつける事に成功すれば、また次のカグツチが誕生してしまう。

そして退廃と淫靡な時にまみれ、ただ男達に力を与えるために消費され、その生を終えるのだ。

そのカグツチには、自分にとっての将彦のような存在はあり得るのだろうか。少なくとも、奏には将彦と都築以外の鶺鴒の存在は感じられない。そんなよりどころもなしに数十年を長らえさせるのは、あまりに不憫《ふびん》だった。

そんな事はもう、絶対にさせたくない。

「あ、いやっ…！　あぁあっ！」

「こういう時はカグツチは便利だ。いきなりねじ込んでも入ってしまうし、勝手に濡れるからな。普通の人間ならこうはいかん」

「そっちの脚だけ外せ。こら、暴れるな」

何人かの医師や看護師が奏を押さえつけ、片方の脚の拘束を外す。そこから衣服を抜くと高く上げられ、無体な玩具の侵入を許した。

「っ…！　っ！」

窄まっている肉環を玩具の先端で無理矢理押し開かれ、その内部へと受け入れさせられる。普通ならば解れていない場所への挿入は耐え難い苦痛を伴うが、奏は違った。どんな状態であっても、自分を犯すものを呑み込んでしまう。

「は、あ…っ、ああっ」

「凄いな…。どんどん入っていく」

「さすがはカグツチ様だな」

揶揄《やゆ》するような声。奏は初めて、無理矢理に行為を強いられる事が悔しいと思った。だが、快楽は容赦なく生まれ、内部を浸すように広がっていく。前方が勃ち上がり、早くも先端が潤み始めた。

「ああ、あっ、ふうっ…！」

感じまいとしても無駄だった。奏の身体は責められれば反応するようになっている。そういうふうに生まれてしまったのだ。

「我慢する事はない、いつもみたいに、盛大に噴き上げればいい」

「だ…れ…が」

せめてもの抵抗の言葉を投げつける。無駄とわかっていても、嫌なのだという事を伝えたかった。こんな事は望んでいないと。

だがそんな思いをあっさりと屈服させるように、玩具のスイッチが入れられた。電源が入ったそれは、柔らかな媚肉の中でうねうねと蠢く。

「あああぁっ！」

「そら、我慢できないだろう。前もこんなに勃った」

奏の先端をビーカーの中に入れながら、木嶋は根元からゆっくりと擦り上げてきた。

「う、ふ、うぅんんっ……！」

唇を噛みしめながら、奏は真っ赤に上気した顔でかぶりを振った。今ほどこの身体が恨めしいと思った事はない。イきたくなんかない。感じたくないのに。

「君達、奏くんが足りないと言っているぞ。いつもみたいに、もっと奉仕して差し上げろ」

「は、はい」

「あっ、いやだっ……！」

奏を押さえつけている医師達の手が、上半身を始め身体のあちこちに潜り込んでは刺激してくる。両の乳首を捕らえられ、捏ね回されて、そこからの快感が下半身に繋がった。

「や、あっ、あっ、あうぅっ…！」

我慢できない。気持ちがいい。こんな時まで。

「いやあああっ…！　ああっ」

腰の奥の快感が、どんどん大きくなっている。どんなに快楽を散らそうとしてもだめだった。確実に追いつめられ、大きな波がもうそこまで来ているのに、奏は絶望した。

「だ、め…、出る、で、あ、ア…！」

「ふふ、もう少しだな」

木嶋の擦り上げる手の動きが執拗さを増す。奏は目をきつくつむり、歯を食いしばって堪えていたが、淫蕩なカグツチの肉体がその快感に耐えられるはずもなかった。

「や、あぁ、あっ、あっ！　あ――……っ！」

どこか悲痛な、泣き声のような響きを漏らして、奏はベッドの上で大きく身体を反らし、ビーカーの中に蜜を吐き出す。

「よしよし……、さあ、一滴残らず出すんだ」

「く…ぅっ、う、う…！」

絞り上げられるように根元から擦られ、透明な硝子の入れ物に白濁した蜜が溜まっていった。木嶋はそれを満足そうに見やると、大事そうに蓋を閉めて密閉する。

「確かに、いただいたよ」

「や…、やめ…」

荒い息をつきながらも、奏はどうにかして木嶋を止められないかと訴えた。だが、彼にはそれがひどく反抗的に映ったらしく、途端に不機嫌な表情になる。

「往生際《おうじょうぎわ》が悪いな、君も」

ズルリ、と中から淫具が引き抜かれ、その刺激に思わず顔を歪めた。

「古城家がカグツチを管理したくないと言うのなら、今後は私がやってやろうというんだ。むしろ感謝してほしいね」

「……こんな、ことをして、大それた事とは思わないんですか」

「大それた？　……ああ、罰が下るとか、そういう事を言っているのかな？　バカバカしい。それこそ今の時代にはそぐわないだろうよ。だいたいカグツチなんていうのは、ただの遺伝性の異常体質だ。呪いだなどというのは、単なる言い伝えだよ」

確かにそうかもしれない。だが、単なる異常体質であれば、それを抱いた男に不思議な力が宿るというのはどう解釈すればいいのか。

「それは思い込みによるものだ。君らを抱いた事によって自信と確信が生まれ、自然と行動にそれが表れる。結果、ついているように感じられるだけだよ」

確かに、それは木嶋の言う事にも一理あるのかもしれない。実際奏を抱いた男のすべてが成功したかというと、そういうわけでもないようだ。

だが奏には、数百年分の時間の重みというものが感じられる。たとえ呪いが真実でもそうでなくとも、多くの人がそう信じてきたからには、そこには純然たる『力』があるのだ。

「もう……、いいでしょう。家に帰して下さい」

しかし、手の中の瓶を大事そうに撫で回し、木嶋は目の中に嫌な光を浮かべた。

「これではもう古城の家には帰せないだろうな。どうだろう。これからここで過ごしてみるというのは」

「――――っ」

信じられない言葉を聞いたような気がして、奏は飛び起きようとした。だが拘束と男達の手に阻まれ、身体を起こす事ができない。

「何、を……！」

「ここまで強引な措置をとってしまった以上、将彦くんが何をしてくるかわからないのでね。だが君がここにいれば安心だ」

「……人質、というわけですか……！」

「まあそういう言い方もある」

どこまで卑劣《ひれつ》な男なのだと思った。自分がここに捕らわれたと知ったら、将彦はどうするだろうか。せっかく奏の事を考えてくれていたのに、自分はそれがわからずにこんな事態を引き起こしてしまった。

このまま、命が尽きるまで、ここで家畜のように飼い殺しとなってしまうのか。それを思うと、背筋に薄ら寒いものが走った。将彦に二度と会えなくなる可能性。それを考えると、目の前が真っ暗になる。なんてことだ。こんな事になるまで気がつかないなんて。

やっぱり自分には、将彦が必要なのだ。物心ついた時から側にいて、だから自分は寂しくはなかった。

「なに、心配するな。ここには男はいくらでもいる。皆喜んで君の相手をしたがるだろう。将彦くんのように、面倒な手続きなどとっぱらってしまうからね」

「……恥知らず」

「言葉を慎《つつし》むんだ。君のような存在にそんな事は言われたくない」

木嶋は怒気を露にして奏を睨んだ。そうして周りの男達に顎をしゃくって合図すると、そのうちの一人がベッドに乗り上げてきた。

「カグツチって、なんですか。こういう事するんですか」

「お前は若いから知らないだろうけどな。昔から、町の男は大抵一度はカグツチ様にお世話になったものだぞ」

若い医師の戸惑いがちの問いかけに、ベテラン医師らしい男が答える。陵辱の気配に奏は身体を硬くした。多分、犯されれば自分はきっとまた感じてしまう。それはどうしようもない、性《さが》のようなものだ。

「やめ、ろ……」

「カグツチが拒むなんて聞いたこともない」

片脚を上げられ、肩にかつがれ、奏はまた犯されようとしていた。唯一抵抗を示せる箇所の首を何度も振って訴えるが、逆にそれが男を刺激してしまったらしく、かえって鼻息荒くのしかかってくる。

もうだめだ――と、奏は半ば観念して瞳を固く閉じた。

「――そんな杜撰《ずさん》なやり方では一日だってカグツチを拉致《らち》できませんよ」

「なんだ君は」

「――！」

あまりに聞き覚えのある声にきつく閉じていた瞼を開ける。そこには、数時間前に激しく自分と絡み合っていた男が立っていた。

「――高臣さ…」

「どうも。半田議員の収支報告を追っていましたらこちらの町にたどり着きましてね。少し調べさせてもらったんですよ」

都築はただ闇雲《やみくも》に塔子の行方を追っていただけでなく、自身の本業である記者活動においてこの町の事を掴んだようだった。

「に、しても人一人を拉致したあげく、強制的に精子を採取して人工授精ですか……。医師会に知れたらどんな処分が下るんでしょうね」

都築がもったいぶったように言うと、木嶋の顔色がさっと変わった。奏の上にのしかかっていた男達も、我に返ったように慌ててベッドから降りる。

「町の人間じゃないな、君は」

「ええ、先日東京からこの町に入りました」

「部外者が口を出すな。この町にはこの町のしきたりや、やり方がある。外の世界と違うからといってしたり顔でしゃしゃり出るな」

「その、町のやり方にも反している人に言われたくないですな」

また違う声が聞こえて、もう一人が扉の陰から姿を表した。

「将彦さん!」

「奏。人の話を最後まで聞かないと、お仕置きだぞ」

将彦はつかつかと部屋の奥まで入ってくると、奏が繋がれているベッドの拘束を解く。周りにいる男達は、将彦に臆したように一歩離れて、それを制止しようともしない。

自由になった奏は素早く衣服を整え、将彦の手を借りてベッドから降りた。まだ脚が震えているが、ちゃんと自分の足で立てる。

「どういうつもりだ、将彦くん。勝手にここまで入ってくるなど……!」

「それはこちらの台詞です。うちの奏に何をしてくれているんですか」

「カグツチとしての役目を果たさせようとしていただけだ。その義務を放棄したのは、君の方だろう」

「この事が町中に広まれば、厄介な風聞《ふうぶん》が広まりますよ」

「う…うむ……」

この狭い町の中で、信用を失うという事がどういう事なのか、さすがに木嶋にもわかっていたようだ。バックである半田の尻尾も都築に掴まれていたとあっては、分が悪いだろう。

「いくら欲しいんだ」

「金など興味はありません。それを廃棄してください。――不愉快だ」

将彦は木嶋が大事そうに抱えているビーカーを指差す。その中に入っているのは、次のカグツチを生み出すかもしれないもの。

「こ、これは…！　これだけは」

「なんなら実力行使してもいいんだぜ」

そっぽを向いたまま都築が言う。木嶋は少しの間、その場で逡巡《しゅんじゅん》していた。

「い…院長、処分した方が……」

他の職員から、廃棄を促す声が聞こえる。彼らも仕事を失いたくはないのだろう。先ほど奏にのしかかっていた男も、おろおろとした顔をしていた。

「……わかった」

苦渋の決断、といったふうに、木嶋は部屋の端にあるシンクに近づく。ゆっくりと蓋を開け、それから思い切るように中身をそこへ捨てた。

つかつかと都築が歩み寄ってきて、蛇口を捻ると勢いよく水が流れ出る。木嶋は一瞬「ああ」と呻いたが、やがて諦めたように排水溝へと流れる水を見つめていた。

「東京へ帰ってください」

木嶋の許から、将彦と都築の二人に伴われて家に戻ってきた時、奏は都築にそう言った。

「助けてくださって、ありがとうございます。でも、あなたはもう、あなたの居場所に帰った方がいい」

都築はひどく驚いた顔をして奏を見た。将彦は奏の後ろにいるので、彼がどんな顔をしているのかは見えない。だが、将彦は奏の言葉に対して、沈黙を守っていた。

お役目から解放されたいか、という将彦の問い。そして自分の出した答えは——。

都築は確かに鵺鴒ではあるが、この町の人間ではない。これ以上、彼をこの土地のしがらみに巻き込む事はできないだろう。彼には、彼の居場所での生活があり、人生がある。ごく普通の生活を送っている彼と、特殊な儀式をしなければ生きていけない自分が、一緒に生きていく事はできない。きっと、塔子もそう思ったのだ。だから彼の前から黙って消えたのだ。

奏はもう気づいていた。浅ましいと言われればそれまでだが、突然目の前に現れた彼に、自分は確かに惹かれていた。都築はこの町の人間ではなく、奏達とはまったく違う価値観の持ち主だ。なのに、すべてを知ってなお、奏を抱いてくれた。

その彼に、今自分はひどい事を言っている。

だが、これは必要な事だ。彼を日常の中に戻してやらなければならない。

痛む胸に一瞬目を伏せて、奏はそのための覚悟を整えようとした。

都築との間に起こった行為も感情もすべて、一夏の鮮烈な想い出。奏はまさに母親のように、都築との事をそんなふうに処理しようとした。

「……俺に、帰ってほしいのか」

「ええ」

半ば呆然と呟く都築に、奏は小さな微笑みさえ浮かべて言った。

「あの時の事を怒っているのか」

「まさか。怒ってもいないし、後悔もしていません。ただ、あなたまでこの町に関わる事はない。それだけです。俺はこの運命を背負って生きていきます」

将彦と共に、最後のカグツチと鶺鴒として。

そして、そこに都築はいらない。必要ない。自分達だけでやっていける。奏は淡々と、しかし揺るぎなく彼にそう伝えた。

「――――俺は、また置いていかれるのか」

都築が力なく笑ったように見えた。そうではない。置いていかれるのは、むしろ自分達の方だ。現代の中にあってなお、時の流れが止まったようなこの小さな町。奏はいずれ、その潮流に呑み込まれて消えていく。そこに都築までつきあわせることはない。

だがそれを言っても、彼は理解できないだろう。だから奏は、冷たく突き放す事にした。

「すみません」

それでもいたたまれず、奏はそっと目を伏せる。しばらくの間、その場に沈黙が流れた。

「――――わかった」

重々しい都築の呟きがそれを打ち破る。そっと伏せた瞼を持ち上げた時、そこには優しい笑みを浮かべた彼がいた。

「それがあんたの望みなら、俺はここから出ていく」

「……っ」

帰れと言ったのは自分の方なのに、奏の胸に強くこみ上げてくる熱いものがあった。だが、それを無理矢理嚥下《えんげ》するようにして抑えつける。

「でも、これだけは信じてくれ」

都築の手が伸びてきて、奏の頬にそっと触れた。

「俺は、決してあんたを塔子の身代わりになんかしてなかった」

奏は何も答えない。都築の顔が近づいてきて、口づけようと顔が傾けられる。だが唇が触れる寸前でそれは止まり、ふっ、と笑うような吐息を残して、それは離れていった。

「やめておく。帰れなくなりそうだ」

都築は奏に触れた手を握りしめると、何かを振り切るように勢いよく立ち上がる。それからもう一度だけ奏を見ると、苦しそうに顔を歪めた後、笑った。

「――――高臣さん」

そんな彼に伝えたい言葉を言うため、奏は静かに都築の名を呼ぶ。

「塔子が言っていました。カグツチは、決して不幸な存在なんかではないと。幸も不幸も、すべては自分で決める事だと。……それは、あなたに会えたからじゃないかと思います。俺も今ようやく、それを知る事ができました」

塔子の中では、すでに決着はついていた。都築と過ごした時間を経て、初めて彼女は自分の意志で生きる事ができたのだ。いろんな事があって、奏にもようやく彼女の言わんとする事が理解できた。

都築は瞠目して奏を見る。そのまましばらく息を詰めるようにして押し黙ったかと思うと、何か、長い間溜め込んでいたものを吐き出すようにゆっくりと息をついた。

「……そうか。そうだな」

納得したように頷いて、別れの言葉も残さずに、彼は部屋を出ていく。後には奏と将彦の二人だけが残された。外からの存在がいなくなり、また、時計の針が止まったような世界になる。

これでよかったんだ。軋む胸の痛みを堪えながらそう自分に言い聞かせていると、ふいに後ろから将彦に抱きすくめられた。

「将彦さ――――」

「すまない、奏」

いつになく性急な彼の仕草に、奏は戸惑う。こんなに強く求められるような抱擁は、多分今までに一度もない。

「俺は、お前に何も言ってやれなかった」

「え……？」

「俺は鵺鴒として、お前に無体な事を山ほど強いてきた。今さら、どの面《つら》下げて言えるのかと思っていたんだ。もうずっと昔から、お前を愛しているだなんて」

「――――……」

たった今聞いた言葉が信じられなくて、奏は思わず瞠目した。今、彼はなんと言った？

「鵺鴒はカグツチになんの影響も及ぼされないなんて嘘だと思った。俺はこんなにもお前に惹かれている。守ってやりたい、義務でもいいからお前を抱きたい――――。もしそんな鵺鴒が俺だけだったとしたら、きっとそれも呪いなんだろう」

それを聞いた奏は、今初めて、将彦もまた長い間煩悶《はんもん》していたのだと知った。

将彦は、最初にカグツチを作った張本人の子孫でもある。長い歴史の中で、おそらく大多数のカグツチは古城の人間に対し、恨みを抱いていたのだろう。

当主としてそれを知る将彦は、おそらく、その負い目に悩まされていたのだ。

「お前が、もしあの男についていったら、どうしようかと思っていた。置いていかれる事にいつも怯えているのは、俺の方だ、奏」

都築についてこの町を出てゆけば、カグツチをやめる事もできるだろう。

だから彼はあの時『役目から解放されたいか』などと聞いたのか。

将彦が言っているのは、単純に奏が都築と共にこの町を離れるという意味だけではない。

奏はいずれ、その短命の運命ゆえに、将彦を置いてゆく。彼はその運命に、ずっと怯えていたというのか。

「将彦さん」

いてもたってもいられなくなって、奏は身体ごと振り返る。すぐに熱い腕で身体全体を抱きしめられた。

「いいんです。俺は、古城の人間も、あなたの事もちっとも恨んでなんかいない。それは塔子も一緒だったと思います」

それは本当だった。もしもカグツチとして生まれなかったら、なんて考えるのは無意味な事だ。人が生きる事に仮定などあり得ないのだから。

「ごめんなさい、あなたより先に逝《い》ってしまうけど、でも俺はその瞬間までずっと」

その後の言葉は口づけに塞がれて声にならなかったので、奏は心の中で何度も呟く。

その時が来るまでずっと、あなたの事が好きです、と。

部屋の中は相変わらず湿度の高い熱気に包まれていた。

奏は背後から男に抱えられて後孔を貫かれて揺すられている。その脚の間には別の男が顔を埋め、張りつめた中心を口で吸っていた。

「あ、あ、あ…っ」

前後からくる快楽に顔を歪め、奏は汗に濡れた喉を反らせる。左右に大きく開かされた自分の膝頭が小刻みに震えているのを、潤んで霞んだ視界の中に見た。

「――――アッ！」

その膝裏を持ち上げられ、大きく上下に動かされると、背骨が愉悦で砕けてしまいそうになる。

蜜取りは相変わらず続けられていた。

木嶋や彼の手の者達は古城家には出入りを禁じられ、二度と奏には近づく事はできなくなった。

だがカグツチを存続させることを強く望む者達のため、せめて奏がいる間はこの儀を続ける事にしたのだ。

将彦はそれでも渋い顔をしてはいたが、奏はそれを了承した。もとより、それが自分の役目であり、代々のカグツチ達が行ってきた事だ。いずれ天命を迎えて黄泉地へと行った時、自分だけ役目を途中で放り投げてきたとあっては、先代達に合わせる顔がない。こんな存在でも、それなりに意義があるという事だ。

都築は東京へと帰っていった。

この町の呪いは、すべて自分が持っていく。

それが最後のカグツチとしての、奏の役目だと思った。

自分は命尽きるまで、男に抱かれ続ける。だがそれでいい。将彦は側にいてくれる。奏の鶺鴒は彼だけでいいのだ。

「あ、あ…っ！」

下から強く突き上げられながら、奏は男に蜜を与える。そして奏の愉悦に酔ったように周りを取り囲む男達もまた、その酔いを深くしていく。

そんな光景を、これからも何度となく目にするのだと、奏はそう思って目を閉じた。

そうして男達がそれぞれに満足して、褥の上に奏一人だけを残して去っていった時、外から入ってきた風がひやりと肌を冷やした。

――もう夏も終わりだったな。

うだるような夏が終わり、木々の葉を紅く彩《いろど》らせる秋がやってこようとしている。

力の入らない両腕で身体を起こし、打ち捨てられたように放り投げられている浴衣を引き寄せて羽織った。それからようやく立ち上がると、行為の後の重苦しい身体を引きずって浴室にたどり着く。

いつものように湯をすくって身を清め、男達が出したものを半ば事務的にかき出すのは慣れたものだ。

奏はひとつため息をつく。

彼は今頃、何をしているのだろうか。

将彦のことが好きなのに、それとはまったく別の想いで都築もまた、奏の心の一角に深く食い込んでいた。あの強引さが、今となっては懐かしい。彼は鶺鴒で、なんの恩恵も受ける事はないのに、強く自分を求めてくれた。たとえそこに、塔子への想いを残していてもだ。

彼が側にいると、息苦しいほどの胸の動悸《どうき》をいつも感じていた。

そんな事を思って、奏はふるふると頭を振った。髪先から飛んだ水滴が湯面に跳ねて、ぴちゃりと微かな音を立てる。

もう忘れる。彼の事は。

湯気の中で立ち上がり、浴室を出る。濡れた肌を拭い、新しい浴衣を身につけてから廊下に出ると、ひんやりとした外気が火照った肌に心地よかった。

そのまま洗い髪を拭きながら部屋に戻ろうと縁側を歩いていると、視界の隅にふと何かの違和感を覚える。

ほとんど条件反射のように立ち止まり、一拍おいて顔ごとゆっくりとそちらを見た。すぐに確認しなかったのは、そんな事があるはずない、という思いと、その事実に対する自分の心を落ち着けるため。

「――――」

庭木の前に立っていた人物は、奏がその姿を認めてくれるのを待っていたかのようにそこに佇んでいた。

彼は少し照れ臭そうに口の端で笑い、片手を上げて挨拶をする。

「――高臣さん――……」

ほとんど吐息のような呟きが、奏の唇から漏れた。

「ちょっと様子を見に来た――――というわけではなさそうだな、都築さん」

「さすが古城家の当主はわかってらっしゃる」

古城家の一室で、将彦と奏、そして都築がそれぞれに向かい合っていた。

突然現れ、再び奏の前に姿を見せた都築を、将彦は快くとは言わないまでも家に上げた。

応接間ではなく奥の畳の部屋は、ごくごく身内の者しか通さない。

「あれから色々と考えてな」

飄々《ひょうひょう》として答える都築を、奏は神妙な顔で見つめた。

「蜜取り――――だったか。今日はその日だったんだな」

「わかってて来たのではないのですか」

「まあな」

奏が責めるような口調で言うと、都築は苦笑を返す。できれば見られたくなかったなと思う。たとえ事後だとしても、幾人もの男に抱かれた日の自分は。

「でもその場面に居合わせなくてよかった。もしそうだったら、思わず踏み込んでいってしまったかもしれない」

「――蜜取りはカグツチの役目だ。続けると決まった以上、それを邪魔する事はできない」

「ああ、わかってるさ古城さん」

重々しい将彦の言葉に、都築は大きくため息を吐き出しながら言った。

「これからも、そんな想いに耐えなきゃならないんだ」

「その覚悟ができたっていうわけか」

「もちろん。でなきゃわざわざここには来ないさ」

彼らは何か、奏の意志を越えたところでわかり合ったような会話をしている。だが、都築が何を言おうとしているのかは、なんとなく伝わってきた。彼は懲りずに、またこの町へやってきたのだ。

「――あ、あなたはやっぱり東京へ帰った方がいい」

「なんでだ？」

まるで当たり前のように言う都築を、奏は理解できなかった。

一度だ。たった一度抱いただけなのに、なぜ彼はそこまでしようとするのだろう。

「力を貸していただいた事には感謝します。でも、あなたはこの町の人間じゃない。俺たちの事に巻き込むわけにはいかないんです」

それに、と奏は一度唇を舐める。

「あなたはやっぱり、俺の中に塔子を見ていると思う」

自分で口にするのは少し寂しいような気もした。だが、仕方がない。

自分は塔子の血を引いてはいるが、彼女ではないのだ。

「どうしてもそこにこだわりたいみたいだな」

「……それは、そうです」

様々な男に抱かれてきたからといって、身代わりでもいいわけではないのだ。町の男が何を考えていてもいっこうに構わないが、彼だけは――、彼と将彦だけは、奏を奏として見ていてほしかった。

「あの時教えてくれたろう。塔子の最期の言葉」

幸も不幸も、すべて自分で決めるという彼女の、そして奏の意志。

「あれを聞いて、完全にふっきれた。いや、ふっきれていた事を気づかされた……かな？あんたの中に、確かに塔子はいるだろう。だがそれはもう、俺の知っている塔子じゃない」

塔子は彼にとって「夢のような女」だった。

だが、奏はそうではない。都築自身が理解したいと向き合った存在だ。

都築はさらに続けた。

「塔子の事は、もう思い出になってると思う。というか、あの時の俺は若すぎた。あれは性欲とか子供っぽい執着とかが、皆一緒になってできたものだな。だから塔子も出ていったんだろう」

「彼女はわかっていたんです。俺たちがここでしか生きていけない事を」

結局はここが自分達を守ってくれている。外に出た事で、母はそれがわかったのだろう。

カグツチが生まれる意味は、決して私欲だけではない、切望と癒しだ。以前奏の首を絞めた吉田は、結局あの後建築士の試験に合格したという。危険なだけではなく、自分達を抱くことで確かに救われた人はいた。それは誇りに思っていい事だ。呪いも希望も、それは受け取る者次第なのだろう。そう思った時、奏の中ですべてが腑に落ちたような気がした。たとえ時間の流れの中に取り残されるとしても、もう寂しくはない。

ここではないまったく別の世界で、塔子もまたそれを悟ったのだろう。

「俺は鶺鴒だという。なら、少なからず繋がりが——縁があるってことなんだろう。この町と無関係ではないって事さ。あんたを抱いてそれがわかった。塔子の時は何度抱いてもわからなかったのにだ。——時間という意味なら、そこにいる御当主様には敵わないけどな」

都築はちらりと将彦を見る。

「今、塔子の事を言ったが、そういった誤解を恐れずに言えば、俺はあんたが好きだ」

「——」

初めて言われた言葉に息が止まりそうになった。

それでいいのだろうか。

ふいに将彦が苦笑する気配が伝わってくる。

「俺の前で、奏によくそんな事が言えたものだ」

「まあ、図々しい事はわかってる。が、理解してもらいたいな」

二人の間では、まるで何か話し合いでもされていたかのように心得た雰囲気があった。

「俺はどのみち、これからも奏と生きていくつもりでいる。そしてお前が望むなら、この男もまた、お前を愛する者として受け入れてやってもいい」

お前の命が尽きるまで、と将彦は瞳で語りかける。

「俺もいる。鶺鴒二人がかりなら、その欲張りな身体も満足するだろう。あんたが望むなら、この町の人間になってもいい」

「ちょっと、待っ……、どういう事ですか」

「お前が死ぬまで、お前の面倒は俺達が見るということだ」

奏の欲求を満足させるために、カグツチが劇的に反応する鶺鴒が二人。

「これから先は、俺のために生きてくれ、奏」

「できたら俺にも、な」

将彦と都築に順番に告白されるように請われて、奏は戸惑いを隠せない。もとより、そうなったらどんなにいいか。

だがこの期に及んで、本当にそんな事ができるのかという不安がある。

「俺は――俺を必要としてくれる人のために生きたいです。昔はそれが町の人のためだけだった、今は、将彦さんと、それから」

奏はちらりと都築を見た。

「高臣さんは本当にそれでいいんですか」

「いいよ」

あまりに軽い答えに少々心配になったが、この男はいつもこんなふうだった。

「将彦さんも……？」

あんなに怒って、仕置きまでされたのに、と、奏は少しだけ恨めしげに将彦を見やる。

「すまないな。ふっきるために、少しだけ八つ当たりが必要だった」

「……それは、いいですけど……」

もとより、将彦にされて嫌なことなどひとつもないのだ。

「俺は、正直まだ覚悟ができていないです」

二人を自分と添い遂げさせてしまっていいのか。そんな彼らを受け止める器《うつわ》が自分にあるのか。

何もかも初めての事で、腰がひけてしまっているのは否めない。

「なら、試してみたらどうだ？」

まるでなんでもない事のように、都築が言った。

「これから俺達と寝てみて、満足できそうだったら決めればいい」

「まあ、相性はとっくにわかっている。蛇足《だそく》だと思うがな」

「えっ……」

それまで話し合いの空気に気を取られていたが、そういう雰囲気になって初めて、奏は今、鶺鴒二人と側近くにいる事を思い出す。しかも、都築とはまだそう慣れてはいない。

「っ」

どくん、と身体の芯が目覚めてしまったのが忌々しい。

そんな奏の状態をわかっているかのように、目の前で二人が立ち上がる。

「さあ」

両側から腕を掴まれて立たされ、奏は促された。抵抗などできるはずもない。

なぜなら奏にとって、心の底から抱かれたいのは、彼らしかいなかったからだ。

服を脱がされて素肌にされるだけで、前後にいる男達からの気配が感覚となって素肌を撫でる。

セックスの前にこんなに緊張する事など、滅多にない。衝動による肉体の高ぶりと心が張りつめるのは、まったく違う事柄だからだ。

「あっ」

背後から都築に抱きしめられ、裸の胸が背中に密着する心地よさに、思わず声を上げる。そのまま首筋に吸いつかれて、ぞくぞくとした官能の波が腰を駆け上がっていった。

「う……」

たったそれだけで喜悦に顔が歪む。そしてそれを、奏の前にいる将彦につぶさに見られてしまっているのだ。

他の男に抱かれるところを見られるのは、これまでになかったわけではない。将彦が蜜取りに立ち会ったことも何度かある。だが、それとは比べものにならない羞恥が、奏を襲っていた。

「ふあっ」

背後から回った手が、尖る胸の突起を摘む。過敏な神経の塊と化してしまったそこは、ほんの少し触られただけでももう我慢できない。

「あ、あ…ん…、あぁ…」

指先で挟まれ、こりこりと揉まれる。そうされると身体中の力が抜けていって、背後の都築へ、くたりと体重を預けていった。

「や、だ…、将彦さん、見ない…で…」

「そんなに乳首を尖らせて。気持ちいいのか？　少し妬けるな」

声に笑いを含ませて、将彦までもがそこに触れてきた。都築が摘んでくびりだした乳首の頂上部分をくすぐるように触れられ、信じ難いほどの快感がそこで生まれる。

「ん、ふぅ、あっ、あっ…！　だ、だめっ…」

乳首への集中攻撃にたまらず、奏は汗を敷き始めた身体を悶えさせた。朱く膨れた突起は男達に責められて、揉まれ、弾かれるたびに鋭い快楽を奏に伝えてくる。

「や、ん…っ、んんっ、き、きもち…いいっ…」

「ここが好きなんだな。覚えとくよ」

後ろから都築に耳元で囁かれた。彼らは他の部分にはいっさい触れず、鋭敏なふたつの尖りだけを悪戯してくる。その執拗で卑猥な指先の愛戯に、早くも屈服してしまいそうになっていた。

「そら、この周りのところをこうされるのも、好きだろう…？」

突起の周りの淡い色の部分を、将彦が撫でるように触れてくる。じんわりとした快楽が胸を包み、腰が震えてしまった。

「ああ、んっ、んっ…、す、すきっ…」

将彦が愛撫の方法を変えると、都築もまた、突起の方を軽く押し潰すような動きに変えてきた。濡れた唇から熱い吐息が漏れて、それがどんどん速くなってくる。

「ああ、あ…っ、はぅ、そ、そこばっか…りっ」

「一度ここだけでイくあんたが――奏が見たいな」

名前を呼ばれ、腰の奥がきゅうっ、と収縮した。足の間はもうとっくに張りつめて硬くなっているが、そこに触れてもらえる気配すらない。

「はっ、いやっ、乳首…でイくの、つら…いっ」

そこもまた物凄く気持ちよくなる場所なのだが、同時に狂おしいほどのもどかしさに苛まれてしまうので、正直奏は苦手だった。

だが、彼らがそうしたいなら――と、思う気持ちもある。

将彦と都築が喜んでくれるなら、何をされても構わないと思った。

「まだ始めたばかりだぞ。これくらいで音を上げてどうする」

「感じるところは全部、虐めてやるからな」

刺激され、感度を増した乳首への愛戯をねっとりと続けられ、奏の両脚が震えてくる。

「あ、あ…あ、イく、いく…っ」

胸から腰の奥に直結したような快楽神経が限界を訴え始めた。股間で震えているものを触ってほしくて、何度か腰を浮かして訴えてはみるが、その都度残酷に宥められる。

「あん…ああ、さ、さわっ…てっ、ここ…っ」

「だめだめ。我慢するんだ」

「あとでうんと触ってやる」

ああ…、と甘い絶望に取り憑かれ、奏は無意識に唇を舐める。こみ上げる絶頂感に、濡れたそれがわなわなと震えた。

「あ…あ、あ、あ――――…!　い、イくっ…」

「どこでイくんだ、ん？」

「ち…、乳首、乳首気持ちよくて、イくぅうっ…！」

促されて卑猥な言葉が次々と漏れる。

奏は全身をがくがくと震わせながら、一度も触れられていない股間でそそり立つものから、白い蜜を迸らせていた。

「…ん、ああ、あ…っ」

ぬぷ、ぬぷと後孔を出入りする指に内壁を擦られ、奏は耐え切れずに尻を浮かせた。

「こら、そんなに腰を振るな」

「…だ、だってっ…、んっ、我慢、できない…っ」

二本の指が濡れた音を立てながらそこを犯していくたびに、背筋がぞくぞくと震えるような愉悦が広がっていく。

両脚を広げられ、あられもない格好をさせられて、将彦の指で後ろを嬲られていた。白い敷布の上で、奏の上気した白い身体が悶えている。

「は、あぁあっ…！　ああ、あう…っ」

前方は都築の手で握られ、強く弱く扱かれていた。前と後ろを同時に責められる快感に何度も背中が浮いてしまう。奏はすでに一度、この状態で極めさせられていた。

「あ、あ、あ…っ」

「どうだ、気持ちいいか？」

都築の囁きに、奏は頬を染めながらこくこくと頷く。

「い、い…っ、よすぎて…、どうかなってしまう…」

「可愛いな」

「んぅっ…」

口を塞がれ、強引に舌を差し入れられて、奏は粘膜を犯される感覚に甘く呻いた。舌をしゃぶられるのが途方もなく心地よく、それだけでイってしまいそうになる。それを堪えようとして身体を強ばらせているところに、まるでとどめを刺すようにして将彦が指ではなく、自身をねじ込んできた。

「ふぁっ、あん、ああー……っ！」

がくがくと腰を震わせながら、奏は蜜液を散らせながら達してしまう。挿入の刺激だけで極めてしまった奏に、だが将彦は容赦しなかった。まるで都築の愛撫に感じ入っていることを咎めるように、濃厚でねっとりとした動きで快楽に弱い内部をかき回す。

「ああ、いい、あっ、あっ、凄い、気持ちい、きもちいいっ…！」

将彦の凶器の先端が弱い場所を小刻みに突き上げると、下半身全体が痺れるような感覚に襲われる。大きく広げられた両脚の爪先をぴくぴくとわななかせながら、奏はまるで助けを求めるように都築にしがみついていた。

「……いやらしいな。こうしたら、もっと凄いか？」

突き入れられる快感に先端から蜜を零している奏のものを、都築は再びくちゅくちゅと擦り上げる。

「ふう、んんん――――……！」

二重の愉悦が、体内でひとつになって大きく膨れ上がった。たまらずに後ろをきゅうきゅうと締め上げ、将彦の息を荒げさせる。奏もまた、体内の彼の形をはっきりと味わう事になり、その淫らさに泣いた。

「ああっ、だめっだめっ」

せっぱつまった喘ぎを漏らしながら、それでも将彦の抽送《ちゅうそう》に合わせて腰を振ってしまう。

そんな時の自分は、きっと凄まじい浅ましさだろう。

「ふぁあっ、俺、こんな…っ、だめ、嫌いに、ならないで…っ」

「奏？」

将彦が動きを緩やかなものに変えて、奏の髪をかき上げてくる。それでようやく口が利ける状態にまでなった。

「俺がどんなになっても…、二人とも呆れないで、くれますか…？」

将彦と都築に呆れられたら、奏は本当にどうしたらいいのかわからないのだ。彼らほど奏を高ぶらせてくれる存在はいない。

「そんな事あるわけないだろう」

「あっ」

将彦が思い知らせるように深く突いてきて、奏は声を上げる。

「お前の身体の事を、どれだけ知り尽くしていると思ってるんだ。少なくとも、この男には負けないぞ」

都築に当てつけるように言っているのか、将彦は少し意地悪げな表情をその口元に浮かべた。

「何か言っているようだが、俺だってあんたが卑猥で可愛いのは歓迎だ」

先ほどの射精で濡れたものをくちくちと音を立てながら指で責められ、奏はまた腰を震わせてしまう。

「好きに振る舞えばいい。そのための鶺鴒だ――――、俺たちは」

奏の快楽に奉仕すると、暗に将彦は言った。

愉悦とは別の、胸が張り裂けそうな衝動が奏の胸を押し上げる。ぐぐっ、と根元まで呑み込まされ、脳天まで突き上げられるような快感が背筋を貫いた。

「ひぁ、あ、ああっ……！」

身体の中で、また小さな絶頂がいくつも爆発している。

「あっ、あー…っ！　イく、い…くっ」

啜り泣き、悶えて、全身から火を噴き上げんばかりに身を熱くする。

それは情欲に焦げつく、古代の火の神、カグツチそのもののようだった。

肉体の感じる部分をいくつも愛撫され、蕩かされて、奏はいとも簡単に法悦の頂点を越える。泣きながら都築にしがみつき、奥を貫かれた快感で強烈すぎる極みを味わった。

「あああ、ああ…っ…！」

勢いよく飛び散った白い飛沫が、奏の下腹を汚す。固く締め上げられて道連れにされた将彦も、その体内の奥深くに灼熱の迸りを注ぎ込んだ。

「ふぅ、あ、…ぅんっ…」

目の前がちかちかする。鶺鴒に本気で抱かれると、自分の身体はこんなにも感じてしまうのか。

余韻に痺れる肉体を持てあましていると、自身を引き抜いた将彦に変わり、都築が下半身へと移動してきた。

「…んっ…」

身体を返され、布団の上に這わされるが、腕の力が入らずに腰だけを高く上げるような格好になってしまった。

「……っ、高臣さ、恥ずかしいっ…」

「いい眺めだ。ひくひくしているところがよく見える」

奏のそこは執拗な蹂躙《じゅうりん》により柔らかく解れ、将彦が放ったものがあふれて内股から太腿に伝っていた。そこに今度は都築の先端が宛がわれ、一気に押し入ってくる。

「ん、ううぅんっ……！」

こじ開けられる時の快感がたまらず、奏の背が弓なりに反った。

「はぁ、あ…っ、は、入って、くるの、いぃ…っ」

反った喉に触れる指がある。将彦だった。彼は奏の耳や首筋など、感じやすい部分に触れながら、都築に犯される奏を宥めている。

やがて最奥に達した都築がゆっくりと動き出すと、擦られる粘膜が凄まじい快感を訴えてきた。

「あ、あ、あ……！」

他の男達では、到底こんな快楽は得られないだろう。まるで媚薬でも使用したかのような高ぶりと、感度の上昇。繋ぎ目は将彦が吐き出したものが摩擦されて、白く泡立っていた。だから都築が動くたびに、さっきよりも淫らな音がそこから響く。

「く…ぅっ、ふあっ、や、お…音…っ」

まるで全部自分が漏らしているようで、ひどく恥ずかしかった。

都築は好き勝手に奏の中を蹂躙するみたいに、その長大な凶器で感じやすい媚肉を擦り上げたり、特に弱い場所を小刻みに突き上げてくる。

そのたびにどうしようもないほどに感じてしまい、敷布をかきむしるようにして悶えた。内股を伝う体液の感触にすらびくついてしまう。

そんな奏の顎を将彦が掴んで、顔を上げさせた。涙で濡れた視界の中に、ずっと共に生きてきた男の姿が映る。

「口でしてくれ」

目の前に突き出されたものに、奏は待ち切れずにむしゃぶりついた。

何度となく咥えてきたものだが、これが自分にあんなに凄い悦びを与えてくれたものだと思うと、わけもなく愛おしい。

「んん、ん…っ」

口腔の粘膜を男根に刺激されるのも感じてしまって、奏は奉仕しつつも自分もたまらなくなっていった。喉を圧迫するような男根に必死で舌を絡め、吸いつき、しゃぶりあげる。

「……いい子だ」

感じ入っているような熱い声が降ってきて、大きな手で頭を撫でられた。まるで髪の先までにも神経が通っているように、触れられただけでジン、としてしまう。

将彦の手の動きはそれだけにとどまらなかった。うなじから肩口を過ぎ、敷布と上体の僅かな隙間に手を差し込んで、最初にさんざん嬲られた乳首に触れられる。

「ふ、んんっ」

悪戯するように突き、転がしてくる指先に、奏の全身が震えてしまう。それは体内にいる都築を断続的に締めつけてしまったらしく、お返しのように中を抉られてまた悲鳴を上げた。

「は、あっ…、はあっ…！　も、もう、だめ…っ」

こんなに感じさせられては、身体も精神も保たないと思う。本来カグツチは、鶺鴒一人の相手でもいっぱいいっぱいな感じなのだ。それが二人がかりとあっては。

「もう音を上げるのか？　もう少しつきあってくれよ」

都築は手加減してくれるどころか、奏の前方で濡れそぼっているものを握り、性感を煽るように根元から扱き上げてきた。肉体の中心を、稲妻のような激しい快楽が襲う。

「あ、ああっ！　んぁあっ…！」

「口が休んでるぞ、奏」

容赦ない将彦の声が飛んできて、胸の突起をぎゅっ、と強く摘まれた。悲鳴を上げた奏は、もはや泣きながら、再び男根に奉仕を施す。

「んっ…、んっ…、んん――…っ」

口を塞がれ、くぐもった喘ぎを漏らしながら、不自由な体勢で悶えた。すでに何度か軽い絶頂に達していたが、そんなものとは比較にならないほどの極みが押し寄せてくる気配がする。正直、怖い。

「――く、ンっ！」

ビクン、と全身が跳ね上がった。溶岩のような灼熱の悦楽が全身を包み、爪先まで余すところなく浸してくる。

「……────っ、んっ！　んんんん…っ！」

口を塞がれたまま、身体を痙攣させ、逃れようのない快感に翻弄される。次の瞬間に体内と喉の奥に熱い精が注ぎ込まれ、奏は気絶しないようにそれを受け止めるので精一杯になった。

そんなふうにして奏が死にそうな絶頂に堪えても、彼らはそれで許そうとはしない。代わる代わるに奏を犯し、愛撫し、何度となく快楽の淵《ふち》に突き落とす。奏はそのたびにはしたなく腰を振り、あられもない声を上げて哀願した。もう何度達したかわからない。すでに自分がイっているのか、そうでないのかわからなくなっていた。

なのにまた、後ろを念入りに解すように責められる。二人の指が同時に入って好き勝手に動かれると、腰から下が熔けていきそうな感じすらした。

「ああ…っ、もっ、やぁ…っ、お尻、そんなにっ…」

「とろとろに柔らかくなっているぞ」

「もっと力を抜け。気持ちよくしてやる」

快楽の核の部分をぐっ、と押され、奏は切れ切れの声を上げながら仰け反る。

「も、もうっ、充分気持ちい…っ、これ以上、は…っ」

「そうだな。もうそろそろいいだろう」

将彦の言葉で、ずるりと立て続けに指が引き抜かれる。ホッと力を抜いたのもつかの間、今度は身体を起こされて彼の上に跨《また》がらせられた。

「このまま、腰を落とすんだ、奏」

「………………」

この体位は男根を深く迎えてしまい、得る快楽も深い。もう限界だ、と許しを請いたい気持ちと、さらなる被虐を求める欲求があった。そして自分はカグツチであり、肉の欲望には弱い。

「…あ、ふ…う」

くち、と入り口に凶器の先端を当て、息を吐きながらそのまま下ろしていく。何度となく開かされた肉環がまたこじ開けられ、脳が蕩けそうな快感がそこから生まれた。

「ひぁ、あ…あ、んん…っ」

「全部呑み込んでな…、そう、いい感じだ…」

すっかり発情した、疼く内壁を男根で文字通り貫かれて、奏の開いた内股がぶるぶると震えた。後ろから都築が支えるように腰に手を添えてはくれるが、快楽に耐えかねて腰を上げようとすると、押さえつけられるように力を込められる。

「ああ…、や、だ、また、これだけで…イくっ…」

「好きなだけイっていいんだぞ」

もう止まらなくなっている事を知っているくせに、意地悪な事を将彦が言う。軽い痙攣を繰り返しながらどうにか全部咥え込んだが、それだけで媚肉が引き攣りそうに甘く収縮した。軽く揺すられて、濡れた嬌声が漏れる。

「んぅああっ……！　あっあっ！」

頭の中が白く霞んで、何も考えられなくなる。衝動のままに腰を前後にくねらせて快感を噛みしめていると、背後から上体をぐい、と前に倒された。

「ん、え……？」

将彦の両脇に手をついて身体を支えた時、深く男根を咥えている場所に、明らかな熱塊が強く押しつけられる。

「な――――」

まさか同時に入れるつもりかと、奏は目を見開いた。だが、都築は本当にそこに押し入ろうとしている。

さっきまであれほど執拗にそこを解していたのは、そういうわけだったのか。

「う、あっ！」

「口を開けて、ゆっくり息をするんだ」

背後から抱きしめてきた都築が、耳元で囁く。

「そ、んなことっ……！　ぁああっ！」

ぐぬり、と二本目の先端が中に入ってきて、奏はその衝撃に悲鳴を上げた。苦痛ではない。

快楽にだ。

「う、あっ、あぁあぁあっ……！」

これまででも受け入れた事のない質量でいっぱいにされ、奏は激しく喘ぐ。

「む、りぃ、無理っ……！」

「お前なら…大丈夫だ」

「かなりきついがな…」

それに答える二人の声も、どこかせっぱつまっている響きを帯びていた。それでも奏の性に長《た》けた肉体が二本の凶器を同時に咥え込んでしまうと、彼らは今度はそれぞれに動き出す。

「ひ、いぃっ！　いぁあああ…！」

狭い内部がごりごりと抉られ、擦られて、奏の身体は一瞬にして燃え上がった。もう自分が射精しているのか、そうでないのかもわからない。きつく閉じた瞼の裏で、白い閃光がいくつも弾けるようだった。

「ああっ！　あ――――っ！　そ…な、し、死ぬ、あ…っ」

どくん、どくんと、中から脈動が伝わってくる。それは奏の内部に熔けてゆき、確かな痕跡を残していった。

二人の鶺鴒。それが今、奏を抱いている。

死んでしまうかと思うほどに、幸せだった。

「はっ!?　あ、あ…あ、熱いっ…ああっ――――…!」

それぞれの凶器から熱の飛沫が放たれて、奏の内部を濡らし上げる。その感覚にすら激しく感じて、失神するほどの絶頂感に、全身をがくがくと震わせ続けた。

「――どうだ。満足できるか?」

強烈な快楽に、ひくひくとわななくばかりの奏の身体を二人は優しく宥めていた。

「――や、も、満足…するどころか…」

まともにつきあっていたら、こちらがまいってしまう。

カグツチの肉体に鶺鴒二人というのは、ある意味劇薬だ。

「お前が命尽きるまで、こうやって可愛がってやる」

将彦のその声には、どこか深い哀しみが表れていた。自分はどうあがいても、彼らより先に逝ってしまう。

「ん、く…っ」

ずる、と中からゆっくりと引き抜かれ、奏はその感触に唇を噛んで耐えた。ようやく許されて崩れる身体を、二人の腕が抱きとめる。

「俺もう、後悔はしたくないからな。つきあうさ」

都築もまた、意志は変わらぬという表情を浮かべていた。

「……本当に?」

まだ整わない息をつきながら、奏は交互に二人の顔を見た。どちらも、冗談を言っているようには思えない。もっともここまでしておいて冗談だったではすまされないと思うが。

「お前はどうだ？」

将彦に問われて、奏ははたと自分を省《かえり》みる。

「あんたの気持ちが一番大事だと思うがな、俺は」

必要ないって言われたら、諦めて東京へ帰るさ。都築はそう言って笑う。

「俺は……」

奏はそれまで蓋をしていた、自分の気持ちの中をそうっと覗き込んだ。見ない振りをしていたのは、望んでも無駄だと思っていたから。けれど、もう、そうではないと言われて、奏は自分の願いを両手ですくってみた。

「一緒にいたい。将彦さんと、……それから、高臣さんも」

二人に対する想いは微妙に違うが、たとえ欲張りと言われようとも、二人が側にいてくれるならいいな、と思った。そうしたら、自分があと十年ほどで寿命を迎えようとも構わない。

「俺を入れてくれてよかったよ」

都築が指先で奏の目元を拭う。将彦は、しょうがない、と言いたげに笑って、まだ紅潮している頬をそっと撫でた。

「なら、そうしよう」

闇の中で唄うカグツチは、もう孤独ではない。

なぜなら、愛される事を知ったからだ。

カグツチは少しだけ不便な存在だが、決して不幸ではない。

遠い日の母の言葉が身体の中に甦る。幸福も不幸も、この身の内にある。それを決めるのは、自分自身でしかない。

それなら奏は決める。自分は不幸ではない。

限りなく箱庭のような世界の中でも、それが自分にとって愛おしいもので満ちているならば少しも不幸ではないのだと、奏は思った。

町の外
まちのそと

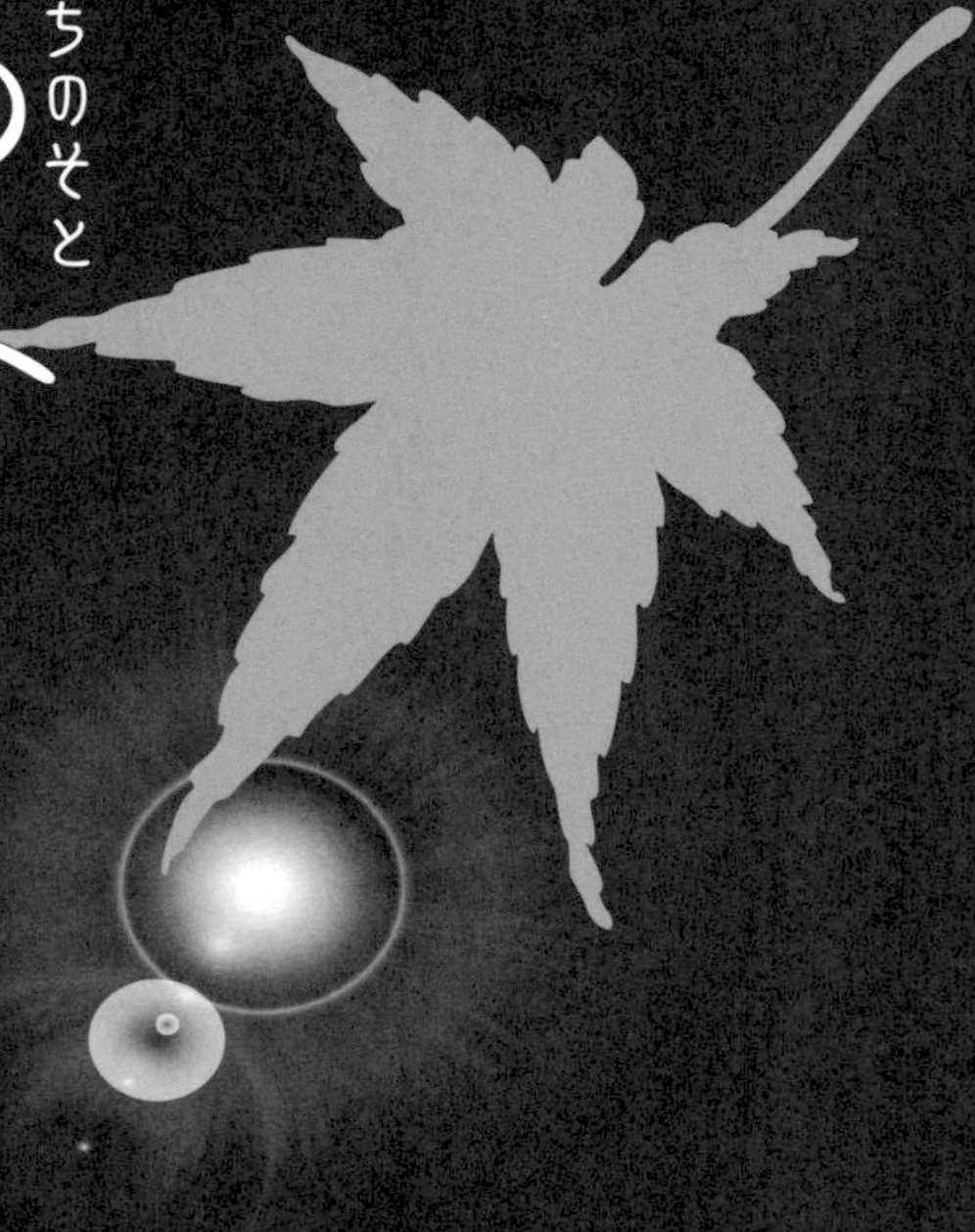

個室の扉がカラリと開いて、仲居に案内された男が入ってきた。小上がりになっている座敷に入り、軽く黙礼をしてから都築《つづき》の対面に座る。男は飲み物の注文をする以外は、仲居が部屋を出ていくまで無言だった。

「しばらくだったな」

「ああ。そっちの様子はどうだ？」

「変わりない。何も変わらないさ。あの町は」

淡々とした口調で男は答える。今日は、彼は珍しく背広姿だった。禰矢琴《ねやこと》町の隣県の都市まで呼び出した時は出向いてもらえないかとも思ったが、彼は意外に二つ返事で了承してくれた。

「奏《かなで》も来るかと思ったんだが」

「危険だ」

「そうだな。俺がよくわかっている」

仲居がまたすぐに入ってきて、グラスと冷えたビールを置いていった。都築が注いでやろうとすると、彼は手の動きでそれを制し、手酌で自分のグラスに注ぐ。

「気遣いは無用だ」

相も変わらず、距離をつめさせない男だと思う。少しは親睦を深めたいという都築の気持ちさえ甘いのだと突きつけられるような。

まあ、それはそれで構わないが。

「それで、こんなところまで呼び出してなんの用だ」

「奏にはなんて言って出てきたんだ？」

「仕事だと言ってある。以前から和漢の方の仕事で、時々この県に来る事もあったからな。……というか、さっきから奏、奏とうるさいな」

「それは仕方ないだろう。あんなにきっぱりと振られたのは初めてだ」

「……あいつは多分、お前に惹かれていた。多分、今も」

将彦《まさひこ》の言葉に、都築は苦い笑いを浮かべてみせた。

「そうだとしても、選んだのはあんたの方だ」

都築があの町に行ったのは、最初は間違いなく奏の母親である塔子《とうこ》の事がきっかけだった。半ば思い出の底に沈めていたのに、マークしていた議員があの町を訪れたのがきっかけで、彼女のその後がどうなったのか、ただそれだけを知りたくて禰矢琴町に飛んだのだ。

塔子の死を知った時、自分でも不思議に思うが、さして驚きはしなかった。なんとなくそんな予感がしていたのだ。若い時の恋の記憶としてフィルターがかかっていたのかもしれないが、彼女が年を経てそれなりに落ち着く、という姿がなぜか想像できなかった。それは奏に対しても言える事かもしれないが。

だがその町に存在した『カグツチ』という存在は、都築の想像を凌駕《りょうが》していた。それなりに頭は柔らかいつもりでいたのだが、その能力ゆえに、町の男に共有されているという事実は都築を驚愕させた。自分の意志に関わらず発情させられ、男に身を委《ゆだ》ねる彼ら。それはまっとうな現代の感覚を持つ都築にとっては、この上なく不幸な歪んだ存在のように思えた。

「完敗だったな、あれは。あいつの事を可哀想だと思っていた俺が、なんだかすごく滑稽《こっけい》に思えたよ」

助けてやりたい、と思わないでもなかった。だがたとえあの町から連れ出したとしても、あの時の塔子の二の舞になるだけだろう。自分には何もできない。

けれど奏はそんな次元にいたままではなかった。様々な目に遭いながら傷つき、悩み、そしてきちんと答えを出していたのだ。彼の母親と同じように。

「いい加減、本題に入ったらどうだ？」

感傷に浸る暇さえ与えてくれない将彦の、話を断ち切る声に、都築はやれやれとため息をつく。

「意外とせっかちだな、古城《こじょう》さんも」

ぼやく声に、男は小さな笑いを漏らした。

「本当は、奏抜きで話をしたかったんだろう」

「ああ」

都築がここへ将彦を呼び出したのは、ある決意を伝えるためだった。そしてそれはもう、この男にはおおよそ見当がついているのだろう。

「俺は、あの町へ戻ろうと思ってる」

そう言った時も、将彦は特に驚くような素振りは見せなかった。ただその目の奥に、複雑そうな光が瞬くのを見て取れる。

「……気持ちはわからないでもないが」

将彦は真っ直ぐに都築を見て言った。

「俺も奏と同意見だ」

「外部の俺を巻き込むわけにはいかない、か。それとも単に俺を奏に近づけさせたくないか、どっちだ」

「まあ、両方だな」

率直で正直な男だな、と都築は思った。むしろ愚直なほどだろう。彼はずっと昔から、それこそ奏がカグツチとして役目を果たし始める前から彼の側にいて見てきたのだろう。それを思うとやりきれない気持ちになるが、自分もここで退くわけにはいかないのだ。

「俺は外部の人間なんかじゃない。鶺鴒《セキレイ》として、あいつに出会った」

「…………」

「俺はもう、後悔するのは嫌なんだ」

「……奏が気にしているから代わりに聞くが、本当に先代の事は関係ないな？」

「ない。きっかけはそうだったかもしれないが、あそこであいつに会わなければ、俺はおとなしく東京へ帰ってた。今頃、薄汚い議員連中の情報を追って銀座《ぎんざ》のクラブをうろうろしていただろうさ」

「なるほど」

「奏が生きている間、俺はあの町の人間として生きる。俺の情報とコネは意外と役に立つし、あんたにも悪い事ばっかじゃないぜ」

「今俺が考えるのは、奏の安寧《あんねい》だけだ」

奏がよしとするなら、俺はそれで構わない。そう言って笑う将彦に、都築は敵わないな、と感じた。

だが、今はそんなくだらない勝敗を争っている場合ではないのだ。

「伝える事は伝えたぜ」

「奏には言わない方がいいのか？」

「ああ、俺の口から言う」

それでも、都築はいずれ失うのだろう。今度は寿命という形をもって。

それでも、自分の意志で決めたのなら、その喪失の悲しみにも耐えられるはずだ。

「カグツチに魅せられた。それも呪いかもな」

「なんだっていいさ。だけど、それも成就するはずだ」

非業《ひごう》の死を遂げた歴代のカグツチ達の願いは、自分達のような存在がなくなる事のはずだ。

ぽつりと呟くように言った都築のグラスに、将彦が黙ってビールを注いだ。

あとがき

こんにちは。西野《にしの》花《はな》です。「カグツチ閨唄《ねやうた》」を読んで下さってありがとうございました。今回はあとがき1ページ！　無駄にはできない！　ええと、実はこれを書いている時に震災に遭いました。まだ停電している中、蝋燭の灯りをたよりにポメラで書いた事はいい思い出です。しかしそのせいか初稿がえらいグダグダになってしまい、定稿になるまで四稿もかかりました。担当様、根気強く面倒見て下さってありがとうございます。いろいろ忘れがちな作家ですが、これからも見捨てないでやってください…。そして汞《みずかね》りょう先生、「月下の盟約」に引き続き挿し絵をありがとうございました！　またしても複数で申し訳ないです…。先生のお描きになる受けは美人で攻めはイケメン揃いでまぶしい…！

読者様もありがとうございました。また、どこかでお会いできましたら！

西野　花

http://park11.wakwak.com/~dream/c-yuk/index3.htm
http://twitter.com/hana_nishino

LiLiK Label

この本を読んでのご意見、ご感想などをお寄せください。
西野花先生、汞りょう先生へのお便りも
お待ちしております。

〒162-0814　東京都新宿区新小川町8-7
株式会社大誠社　LiLiK文庫編集部気付

大誠社リリ文庫

カグツチ閨《ねや》唄《うた》

2011年9月22日　初版発行

著　者　西野《にしの》 花《はな》
発行人　柏木浩樹
編集人　小口晶子
発行元　株式会社大誠社
〒162-0813　東京都新宿区東五軒町 5-6
電話 03-5225-9627（営業）
印刷所　株式会社誠晃印刷

ISBN978-4-904835-43-2　C0193